페루, 안데스의 시간

페루,

안데스의
시간

글 ○ 사진　정성천

그곳에 머물며
천천히 보고 느낀
9년의 기록

siso

≈≈≈ 차례 ≈≈≈

푸른 오아시스의
도시, 모케과

다시, 세상 밖으로

온통 사막이다. 발목까지 푹푹 빠지는 부드러운 모래언덕이 있는 그런 사막이 아닌, 풀 하나 자라지 못하는 푸석푸석한 회백색 흙무더기가 거대하게 솟아나 산이 되고 평지가 된 그런 사막이다. 비가 오지 않는 곳이라 산의 형태를 갖추고 있지만 만약에 세찬 비가 한 번이라도 내린다면 단번에 씻겨 허물어져 내릴 듯하다. 산이라고 불쑥 솟아는 있으나 어디를 둘러 봐도 생명의 색인 녹색을 찾을 수가 없다. 마치 황량한 달 표면을 달리고 있는 듯한 착각이 들 정도이다.

'데니스(Denis)'라는 영어 선생님이 '따끄나(Tacna, 페루 남부 칠레 접경지역의 도시)' 공항까지 자동차로 마중을 나와 주었다. 그의 차를 타고 '따끄나'에서 뿌얀 먼지를 일으키며 '모케과(Moquegua)'를 향해 달려온 지 2시간이 다 되어 간다. 앞 조수석에 앉은 과

모케과 산과 들판의 대비

전망대에서 바라본 모케과 풍경

학 파견교사 백 선생님은 커브를 돌 때마다 떨어져 내리는 자동차 앞 유리 밑에 깐 깔개를 연신 끌어올리느라 정신이 없다. 햇볕이 너무 강렬해서 자동차를 보호하기 위해 깐 보호 덮개 같았다. 뒷좌석에 탄 수학 파견교사 그리고 나와 아내도 모두 말이 없다. 한 번도 경험하지 못한 주위 풍경에 모두 할 말을 잊었다.

　여기까지 오는 여정도 만만치 않았다. 한국에서 비행기 표를 예약할 때 처음에는 가장 빈번한 노선인 한국에서 미국 LA 공항을 경유하고, 페루의 수도 '리마(Lima)'에 도착하는 노선을 택했었다. LA까지는 대한항공으로, LA에서 리마까지는 페루항공인 란(Lan)항공을 이용하는 노선이었다. 그런데 페루의 란항공료가 터무니없이 비쌌다. 내 항공료는 교육부에서 부담하니 상관없지만 동반하는 아내의 항공료는 내가 부담해야 해서 어쩔 수 없이 조금 더 저렴한 애틀란타(Atlanta) 공항을 경유하는 델타(Delta)항공으로 변경하게 되었다, 그런데 그것이 잘못되었는지 제날짜에 리마행 비행기에 탑승치 못하고 하룻밤을 애틀랜타에 머물 수밖에 없었다.

　교육부에서 왕복 항공권을 구매했기 때문에 돌아오는 날짜는 1년 뒤로 예정되어 있었다. 양국 간 'MOU'가 아직 체결되지 않은 상황이라 일단 관광 무비자 3개월을 활용해 페루에 입국하고 추후 'MOU'가 체결되면 현지에서 1년 체제 비자를 발급받는다는 교육부의 계획이었다. 그런데 비자 당사국도 아니고 경유 국가인 미국에서 덜컥 문제가 생긴 것이다. 왕복 항공권에 한국으로 돌아갈 날짜가 1년 뒤로 되어 있으면 페루 1년 체제 비자를 반드시 받아야 한다는 탑승원칙을 고집하며 애틀랜타 공항의 델타항공 검표직원이 완고하게 우리의 탑승을 거부하는 것이었다. 여러 번 사정해보았으나 막무가내여서 할 수 없이 제날짜에 탑승하지 못하고 말았다. 다행히 델타항공에 근무하는 한국 동포가 귀국 항공권을 6개월 뒤로 다시 발권해준 도움으로 하룻밤을 공항 근처 호텔에서 묵고 우여곡절 끝에 다음 날 리마행 비행기를 가까스로 탈 수 있었다.

자정이 되어 리마에 도착하니 대사관에서 영사 한 분이 마중 나와 숙소까지 픽업해주었다. 미리 정해 두었던 숙소에 짐을 풀고 새벽 2시가 넘어서 주위를 헤아릴 경황도 없이 잠들었다. 그 다음 날, 두 달 전에 미리 와 있던 두 파견교사가 숙소로 찾아왔다. 그런데 의외의 소식을 전해주는 것이 아닌가. 우리의 근무지가 수도 리마가 아닌 페루의 남부지방 '모케과'라는 중소도시라는 것이다. 리마에서 모케과까지는 버스로 21시간이 걸리고, 비행기를 이용하려면 그곳에는 공항이 없어 가까운 공항이 있는 도시인 따끄나까지 2시간여 비행기를 타고 가서 다시 자동차로 2시간 반 정도 가야만 하는 곳이란다. 어쨌든 APEC 준비를 위해 이곳에 온 교육부총리의 대사관저 만찬에 참석하여 부총리와 면담해야 하는 등 매우 바쁜 일정을 소화해야 했기에 리

리마 중심부

리마시 외곽

마에서 9일 동안 머무르게 되었다.

　10여 년 전 브라질(Brazil) 한국교육원장으로 상파울루(San paulo) 총영사관에서 근무할 때가 생각났다. 태어나 처음 경험했던 대통령 특사를 위한 총영사관저 만찬이라 너무 긴장되어 뭘 먹었는지, 맛이 좋았는지, 어떤 이야기를 나누었는지 도무지 생각이 나지 않고 소화불량에 걸렸던 일이 생각났다. 하지만 이번에는 경험이 있어서 그런지 집중하기 좋을 정도의 긴장으로 한결 마음 가볍게 시간을 보낼 수 있었다. 아무래도 "한국교육을 통해 이 나라에 도움을 주고자 오신 분들이고, 한국과 한국의 교육을 대표하시는 분들이니 잘 부탁드립니다"라는 교육부총리님의 자상한 배려의 말씀 때문일 것이다. 그때의 그 분위기에서 나는 오래간만에 뿌듯한 충만감을 맛보았다. 세상이 돌아가는 것에 무언가 한몫을 하고 있다는 느낌, 경기장 밖에서 구경하는 구경꾼이 아니라 경기장 안에서 세상과 함께 뛰고 있다는 느낌이었다.

　비행기 창밖으로 밝아오는 페루의 해안지대를 내려다보았다. 리마에서도 미라도르라는 높은 전망대에서 리마 시가지 외곽 풍경을 잠시 내려다본 적이 있었다. 도심을 벗어난 외곽지대는 빈민촌이 이어지고 그 너머에는 풀 한 포기 보이지 않는 황무지가 펼쳐져 있었다. 바닷가라서 비가 더 자주 올 법도 한데 이토록 메마른 이유가 참 궁금했다. 온갖 지구과학 지식을 총동원해

봐도 열대 지방의 작열하는 태양열과 지척에 있는 5~6천 미터 높이의 안데스산맥의 영향 때문일 것 같다는 어렴풋한 답변밖에는 얻을 수가 없었다.

나는 2년 전 정년퇴직을 했다. 40여 년간 몸담아 왔던 교직을 떠나자니 다소 섭섭한 감정이 들었으나 내심 쾌재를 불렀다. 얽매인 생활에서 벗어나 읽고 싶은 대로 책도 읽고, 글 쓰고, 여행하고, 운동도 좀 하고, 수석도 찾으러 다니고, 붓글씨도 좀 배우는 등 하고 싶은 것이 참 많았다. 1년이 지날 정도까지는 그런대로 무언가 뜻있는 일을 하고 있다는 충만한 의식 속에서 생활했다. 하지만 점차 이 세상의 중심에서 멀어져 점점 쓸모없는 사람이 되어가는 건 아닌가 하는 소외의식을 깨닫기까지 1년이라는 세월은 내게 충분했다. 뭔가 물속 저 밑으로 자꾸만 가라앉는 듯한 느낌, 이대로 가라앉으면 다시는 세상으로 떠오를 수 없고 심연의 고요 속에 영원히 침잠하고 말 것이라는 생각, 그리고 세상으로 한 번 더 떠오르고 싶다는 간절한 소망이 가슴 한구석에 자리 잡기 시작했다. 그리고 저 뜨거운 태양도 다시 한번 더 바라보고 신선한 공기로 심호흡도 한번 하며 세상과 함께 뛰고 싶었다.

마지막 발버둥이라도 쳐보자는 생각이 들었다. 발버둥이라도 쳐야 가라앉는 속도도 줄일 수 있을 것이고 혹시라도 운이 좋으면 세상과 연결되는 밧줄이라도 손에 걸릴 줄 누가 알겠는가?

그런데 정말 운이 좋았다. 해외로 나가는 굵은 밧줄이 발버둥치는 나의 손에 걸려든 것이다. 교육부가 처음 실시하는 퇴직자를 대상으로 한 해외 교육자문관 파견 시험이 있었고, 그중 남미 유일의 페루 교육자문관에 내가 선발된 것이다. 2007년 브라질 한국교육원장으로 귀국한 후 9년 만에 다시 해외 근무를 하게 되었다.

2시간 남짓 산 중턱에 난 길을 달려온 자동차가 이제 서서히 아래로 내려가기 시작한다. 산모퉁이를 돌자 저 아래 계곡에 푸른 녹색의 들판이 갑자기 보이기 시작하더니 그 크기가 점차 넓어진다. 산은 풀 하나 자라지 않는 회백색 황무지이고 계곡은 푸른 초원지대로 두 지역의 색깔이 극명하게 대비된다. 마치 사막 속의 오아시스 같다고나 할까? 차츰 거리가 가까워지자 나무, 집, 건물들이 즐비한 시가지가 보인다. 영어 선생인 데니스가 "저곳이 바로 목적지인 '모케과'"라고 일러준다. 너무 황량한 풍경에 그동안 말을 잃었던 동료 선생님들이 한결 마음이 놓이는지 말이 많아진다. 이제껏 말없이 굳어 있던 아내도 한마디 거든다.

"푸른 나무와 초원을 보니 살 것 같네."

어느새 푸른 오아시스의 도시, 해발 1,400미터의 안데스 중턱에 자리한 도시 '모케과' 그 미지의 땅으로 자동차는 미끄러지듯 빠르게 들어가고 있었다.

석양의 모케과 전망대

사람의 삶이란 오묘하다

불교에서 말하는 개인의 업(業)을 좌우하는 중요한 세 가지 인연들이 있으니 '사람 인연', '시절 인연', '장소 인연'이 그것들이라고 한다. 그중 '장소 인연'은 다른 두 인연 못지않은 소중한 경험을 주어 그의 현생뿐만 아니라 내생까지 결정짓는 업의 형성에 영향을 미치는 주된 원인으로 작용한다는 게 내가 아는 불교의 원리다. 그래서 우리는 늘 생소한 곳으로의 여행을 꿈꾸기도 하며 어쩌다가 여행을 하게 되면 몸은 불편하고 힘들어도 마음은 즐겁기만 한 게 보통 사람이 아닌가 한다. 그런 점에서 나는 대단한 행운의 소유자임에는 틀림없는 것 같다. 세속의 기준으로 가장 단조롭고 무미건조하다는 교직 생활 40년 중 한국서 가장 먼 남미의 브라질이라는 낯선 곳에서 한국교육원장으로 4년 동안 생활하며 더불어 남미의 많은 곳을 여행하는 경험을

했으니 친구의 말대로 나라를 구할 정도로 큰 덕을 쌓은 선대조
상이 있었는지도 모를 일이다.

그런데 친구의 더 큰 부러움을 살 행운이 나에게 찾아왔다.
퇴직 후 2년 만에 퇴직 교원을 대상으로 교육부에서 실시하는
개발도상국 파견 한국교육자문관 시험에 합격하여 남미 페루
에 파견되는 행운까지 얻었으니 말이다. 퇴직 후 2년 백수 생활
에 서서히 염증을 느끼고 있던 차에 찾아온 외국 생활이라 더욱
더 큰 기대감으로 페루에 왔던 건 사실이다. 파견지가 수도 '리
마'가 아니라 남부지방 소도시 '모케과'라는 소릴 들을 때만 해
도 새로운 환경에 대한 동경심에 들떠있었다. 그런데 막상 파견
지인 모케과에 도착해 보니 자연환경이 너무 낯설다 못해 열악
하여 "이런 곳에서도 사람이 살 수 있을까?"라는 의구심에 머릿
속이 혼란스러울 지경이었다. 하지만 교육부와 맺은 해외 교육
자문관 계약 기간이 1년이었기에 어떻게든 1년은 버티자는 마
음으로 모케과 생활을 시작했다.

개발도상국인 페루의 생활 수준은 우리나라로 치면 70년대
정도였지만, 다행히 모케과는 인근에 위치된 구리광산의 거점
도시로 다른 페루의 중소도시들에 비해 경제활동이 활발하고
생활 수준도 다소 높았다. 도시 규모가 인구 3~4만으로 비교적
작은 도시지만 페루의 대도시에서만 볼 수 있는 현대식 대형상
점(Plaza Vea, 플라자 베아)이 성업 중이었다. 현 정부의 부통령이 이

지역 출신이어서 중앙정부의 재정적인 도움을 받아 도시가 활기찬 모습이다. 그리고 다른 많은 주 정부가 한국교육파견자들을 희망했음에도 불구하고 페루교육부에서 우리를 굳이 이곳에 보낸 이유도 그것 때문이 아닌가 짐작할 수 있었다.

처음의 우려와는 달리 생활해 보니 의외로 좋은 점들이 많아서 차츰 정이 들었다. 무엇보다 맘에 들었던 것은 기후다. 여름을 제외하고는 우리나라 가을 날씨처럼 기온이 적당하고 쾌청하다. 날씨가 온화해서인지 사람들도 아주 친절하고 맑았다. 작은 키에 검은 구릿빛 피부, 각진 턱, 우람하게 발달한 상체 때문에 사실 호감이 가지 않는 페루 안데스 원주민들이었지만, 함께 부대끼며 지내다 보니 대다수 사람이 의외로 순진무구한 심성을 가지고 있었다. 브라질 상파울루와 달리 강절도 사건이 거의 없어서 밤늦게 돌아다녀도 신변에 위협을 느끼지 않을 정도로 치안상태가 좋았다.

뭐니 뭐니 해도 생활하기에 가장 좋은 점은 물가가 싸다는 것이다. 페루의 경제 사정이 약소하여 달러화가 강세이고 물가도 저렴해서 1인당 1만 달러면 1년 생활비는 물론 방학 동안 안데스 지역을 여행하는 경비까지 충당할 수 있을 것 같았다. 대개의 물품이 한국에 비해 싸지만 그 지역 농산물은 더 싸다. 모케과의 특산물 중의 하나가 '빨따(palta)'라고 부르는 천연 버터 '아보카도'이다. 한국에 있을 때는 비싸서 좀처럼 사서 먹을 수가

모케과 과일상점

없는 수입 식품이 모케과에서는 하루에 한두 번은 반드시 먹는
주식이 되었다. 하루 한두 끼니는 빵과 채소 샐러드를 먹는데
아보카도는 늘 이 음식들의 필수 재료였다.

무엇보다 이 낯선 모케과라는 도시에 정을 붙이고 살 수 있게
된 이유 중에 하나는 이곳에 사는 한국인들 때문이다. 우리보다
먼저 파견된 6명의 코이카(KOICA) 봉사단원들이 그곳에 살고

있다. 파견된 분야는 초등교육 1명, 음악교육 1명, 특수교육 1명, 컴퓨터 교육 1명, 태권도 1명, 지역개발 1명이었다. 특히 초등교육과 지역개발 분야 파견자들은 시니어 단원들로 나와 비슷한 60대라 더욱 유대감이 좋았다. 아주 활달하고 유쾌한 그분들 덕분에 처음 살림집을 구할 때부터 낯선 이곳에 정착할 때까지 많은 도움을 얻었고 젊은 단원들과도 거리낌 없이 잘 지낼 수 있도록 세심하게 배려해주었다. 그렇게 교육부 파견자 4명과 외통부 파견자 6명의 한국인이 모케과에 천천히 정착해나갔다.

외국에서, 특히 자연환경이 열악하고 대도시가 아닌 자그마한 도시에서 함께 생활하는 한국인들은 모두가 애국자가 되고 서로 형제자매처럼 의지하게 된다. 한 달에 한 번씩 정기 모임을 하고 낙후된 변두리 초등학교에 일일 봉사활동도 함께했다. 또 모케과시 창립 기념일에는 한국 음식을 함께 판매해 그 수익금을 불우이웃 돕기 성금으로 내기도 했다. 모국어라는 게 뭔지, 그렇게 함께 모여 한국어로 떠들고 웃으며 하루를 보내면 밤에 잠이 더 잘 온다는 단원도 있었다. 모국어를 사용하지 못하는 스트레스는 생각보다 더 심각한 듯했다.

사람의 삶이란 참 오묘하다. 내가 이렇게 낯설고 생뚱맞은 곳에서 생활하게 될 줄은 전혀 예상하지 못했으니 말이다. 그러나 가만히 생각해 보면 교감 시절 브라질 상파울루 총영사관에서 한국교육원장으로 4년간 생활한 경험이 나를 다시 이곳으로 오도록 만든 어떤 업으로 작용했는지도 모르겠다는 생각이 든다. 퇴직 자문관 면접시험을 볼 때 면접관이 남미근무경력을 문의했던 것이 떠올랐다. 다른 평가요소가 비슷하다면 남미 유경험자가 더 적합할 것이라는 면접관의 판단이 나의 합격을 유효하게 만든 것 같다. 그렇게 한 치 앞도 내다볼 수 없는 것이 우리네 삶이다. 극도로 건조한 사막 도시 모케과와의 장소 인연은 앞으로의 내 삶에 어떤 영향을 미치게 될까? 아니면 내생에서 나의 삶을 결정짓는 어떤 중요한 업으로 작용할지도 모르겠다. 이곳 모케과뿐만 아니라 앞으로 여행할 안데스의 어떤 자연 풍경도 결코 만만하게 대할 수 없는 이유가 바로 그런 이유 때문이다.

푸른 하늘은 알고 있다

내게 '페루'라는 나라는 참으로 멀고도 생소한 곳이다. 특히 안데스의 자연환경은 TV에서만 흥미롭게 지켜보던 동경의 장소였다. 13년 전 브라질에서 한국교육원장으로 4년 동안 생활하면서도 파라과이, 우루과이, 아르헨티나 등의 인근 나라에는 몇번 가보았지만, 페루는 늘 반대편인 태평양 쪽의 먼 나라였기에 마음을 내지 못했다. 그런데 우여곡절을 겪으면서까지 다시 이렇게 내가 페루로 오게 되었다는 것은 페루와의 어쩔 수 없는 인연의 고리 때문이 아니었을까.

내가 처음으로 페루에 대해 구체적인 관심을 기울이게 된 것은 10여 년 전 어느 사진 잡지에서 본 사진 한 장 때문이었다. 제목은 '쿠스코 가는 길'이었던 것으로 기억한다. 한 사진작가가 찍은 사진에는 특이한 구도나 재미있는 풍경도 없었고 푸른

쿠스코의 하늘

하늘과 페루의 시골집이 전부였다. 하지만 하얀 벽과 전형적인 붉은 쿠스코 지붕 위에 펼쳐지는 그 파란 하늘에 나는 눈길을 뗄 수가 없었다. 마치 그 파란 하늘이 나를 마구 빨아들이는 듯한 착각이 들 정도로 강렬한 인상을 받았다. 그 이후로 나는 '페루'라는 나라의 이름만 들어도 그 하늘을 떠올리곤 했다. 페루로 가게 되었다는 소식을 처음 들은 순간에도 나는 그 하늘이 떠올랐다.

　페루의 맑은 하늘을 처음 내 두 눈으로 보게 된 것은 따끄나 공항에 내려 모케과로 가는 그 황량한 사막의 도로 한가운데에

서였다. 자동차가 구름이 엷게 낀 따끄나의 해변 시가지를 벗어나 높은 산 중턱으로 올라서자 구름이 벗겨지면서 차창 밖에는 회백색 황무지, 작열하는 태양 빛 그리고 푸른 하늘로 가득 차 버렸다. 이곳에서 항상 우리를 둘러싸고 있는 주된 자연환경은 그 세 가지가 전부다. 그리고 대부분의 페루인이 옛날부터 모여 사는 안데스 고원지대(씨에라)에는 우기인 두서너 달을 제외하고는 사시사철 이렇게 강렬한 태양과 맑은 하늘이 계속된다. 그 순간 나는 잉카제국의 멸망을 초래한 역사적인 사건에 대해 여태 풀리지 않던 수수께끼의 해답을 찾을 수 있었다. '왜 잉카의 마지막 황제 아툴알파(Atahualpa)가 7만의 대군을 가지고 있으면서도 프란시스코 피사로(Pizarro)의 기만술에 속아 고작 180여 명 병사에게 사로잡히게 되었는지, 왜 안데스 원주민들은 잉카 황제를 석방하겠다는 피사로의 약속을 하늘처럼 믿고 황금 6톤과 12톤의 은을 모아 그에게 바쳤는지…' 해답은 너무도 맑은 저 하늘에 있다는 생각이 들었다.

자자손손 대대로 저렇게 맑은 하늘 아래 살아온 안데스 원주민들은 태생적 순진무구함에 길들어져 남을 속이거나 전술이라는 이름으로 약속을 헌신짝처럼 버리는 유럽인들의 전략에 제대로 대응하지 못했을 것이라는 생각이 들었다. 황금과 은만 빼앗고 황제를 처형할 줄을 저 하늘처럼 맑은 마음의 잉카인들이 꿈에나 눈치챌 수 있었겠는가. 역사가들은 잉카제국의 멸망

원인을 유럽인들이 가지고 온 천연두를 비롯한 여러 병균과 잉카제국의 내부분열 등 여러 가지로 분석하지만, 나는 '유럽 정복자들이 가지고 있던 사악한 마음에 제대로 대처하지 못했던 잉카인들의 순진무구한 마음, 그리고 안데스 원주민의 마음을 수천 년 동안 그렇게 키워온 저 맑고 푸르디푸른 하늘'도 그 원인 중 하나라고 생각한다.

피사로는 본인이 저지른 소행 때문에 맑은 하늘이 두려웠던 걸까? 아니면 본인도 순진무구하게 변할 것을 두려워했던 걸까? 인공도시인 리마의 건설 위치를 맑은 하늘이 연중 계속되는 해발 천 미터 이상의 안데스지대가 아니라 늘 구름이 끼어 있는 바닷가로 결정한 것을 보면 피사로도 푸른 하늘이 인간에게 미치는 그 위력을 알고 있었는지 모른다. 과거에는 남을 속이고 남을 무너뜨려야 내가 잘사는 시대였지만 이제는 남과 정직한 관계를 맺고 그러한 믿음 속에서 다 함께 잘살아야만 내가 잘살게 되는 시대가 되었다. 앞으로의 세상에서는 순진무구함이 약점이 아니라 무한한 강점으로 작용하는 시대가 될 것이다.

역사의 기록을 보면 스페인 정복자들의 잔인한 학살과 천연두의 전염으로 잉카인들의 인구수가 30~40년 만에 600만에서 100만으로 줄어들었다고 한다. 비록 역사 속에서는 잉카의 순진무구한 마음이 안데스 골짜기를 피로 얼룩지게 했지만 언젠

안데스 산간마을의 하늘

콜카캐니언으로 가는 길의 하늘

가는 우리 모두를 살리는 구원의 메시지가 될 수도 있다는 생각을 해 본다.

어느 것이 진정한 최후의 승리인지 저 푸른 하늘은 알고 있을 것이다.

이 슬픔은 어디에서 오는가

페루에 도착한 이래로 언제부터인가 내 마음에 '슬프다'는 감정
이 차올랐다. 이 슬픔은 도대체 어디에서 오는 것일까 궁금했
다. 눈에 보이는 저 산들이 풀 하나 자라지 못하는 황무지라서
그런가, 주위에 보이는 페루인의 가난한 삶 때문인가. 가난하다
고 다 슬프지는 않을 것이다. 과거 다른 나라의 가난한 사람들
에게서는 이런 슬픔을 느껴 본 적이 없다. 왜 유독 페루인들의
가난한 삶이 내게 슬픔을 안겨다 주는 것인지 가만히 생각해 보
니, 페루에 와서 페루의 역사를 알고 그들의 삶을 들여다보고
나서부터 그들을 바라보는 내 마음에 슬픔이 도사리기 시작했
던 것 같다. 그리고 그들의 역사와 삶을 깊이 알면 알수록 그 슬
픔은 더 깊어만 갔다.

내가 살던 산 안토니오(San Antonio)는 모케과시의 한 구역으로

시내 중심부에서 차량으로 10분 정도 떨어진 거리에 있었다. 동서로 완만한 경사를 이루는 사면에 도심보다 넓은 도로와 반듯반듯한 구획을 갖춘 계획된 신시가지다. 관청과 조그마한 상점들이 밀집해 있어 항시 사람들과 거리 행상들로 붐비는 시장 거리다. 그 시장 거리에는 유독 거리 좌판 음식점이 많고 그 음식들을 사 먹는 사람들도 많았다. 페루사람들의 얼굴빛만큼이나 어둑어둑해지는 저녁나절이면 먼지 날리는 거리 좌판 음식점에 구부정하게 수그리고 앉아 멀건 '깔도 대 뽀요(caldo de pollo, 닭 삶은 국물에 약간의 국수와 감자를 넣어 만든 요리)'를 후루룩후루룩 마시는 노동자들, 그 옆에 먹다 남은 닭 뼈다귀라도 얻으려 넋을 잃고 사람들의 손동작 하나하나를 바라보며 쪼그리고 앉아 있는 배고픈 개들, 좌판을 비추는 희미한 백열등 불빛 아래 연신 좌판을 훔치는 음식점 아주머니들의 검은 손 그리고 손등에 비해 유난히 하얀 손바닥, 손님들을 부르느라 빵빵거리며 지나가는 낡은 택시들, "쎈뜨로 매르까도!(중앙시장 가요!) 매르까도!"라며 시장 가는 손님들을 태우려는 '꼼비(승합차)' 차장들의 외침, 길옆에 판을 펼친 광주리 빵장수, 커다란 수박을 쪼개어 저울에 달아 파는 좌판 과일장수, 몇 개 되지 않는 '뚜나(선인장 열매)'와 '빨따(아보카도)'를 담은 광주리를 놓고 조는 원주민 복장의 할머니, 직접 짜서 가져온 우유와 치즈를 파는 농부 원주민들, '꾸이'라는 페루 전통음식 재료가 되는 기니피그의 먹이인 '알파파

기니피그의 먹이 알파파를 파는 풍경

선인장 열매인 뚜나를 팔고 있는 할머니

(소와 양의 먹이가 되는 풀)'를 쌓아 놓고 한 단씩 묶어 파는 아주머니들, 그 알파파 풀을 한 단씩 사서 옆구리에 끼고 거리 모퉁이에 서서 담소를 나누는 퇴근길의 넥타이 맨 직장인들의 모습이 시선을 끈다.

처음에는 이런 낯선 정경들이 신기하기도 하고 재미있기도 해서 호기심을 갖고 지켜보곤 했지만, 차츰 이런 광경에 익숙해지고 좀 더 깊이 그들의 생활을 알고 나자 여느 다른 미개발국가의 사람들과 무언가 다르다는 느낌을 갖게 되었다. 뭐라고 표현해야 할까, 왠지 활기(活氣)가 부족하다고나 할까? 그들의 심리적 기저에 일종의 인종적 열등의식이 도사리고 있다고 말해야 옳은 표현일지 모르겠다. 나이가 많을수록 그 정도가 더 심한 듯했다.

16세기 초 식민지 침략 전쟁 당시 유럽의 초기 정복자 중에는 "정말 안데스 인디오가 우리와 같은 사람일까?"라는 문제를 가지고 토론한 사람들이 있었다고 한다. 그들은 안데스의 원주민을 인간과 동물의 중간 단계, 즉 말하는 동물쯤으로 여기고 싶어 했다. 아마도 안데스 원주민들의 신전을 약탈하고 그들의 노동력을 착취할 수 있는 윤리적인 자기합리화가 필요했기 때문이었을 것이다. 윤리적 자기합리화와 가톨릭 전파라는 미명으로 무장한 스페인 사람들은 300년 동안 페루를 지배하면서 안데스 원주민들에게 인종적 열등감을 심어 놓았다. 원주민의 유산은 미개한 것이며, 없애야 할 것으로 가르쳤다.

백인들은 원주민들을 그들의 노예처럼 부렸다. 특히 1545년에 볼리비아 '오루로(Oruro)'에서 은 광맥이 발견되고, 뒤이어 페루 중부지방 '후앙까벨리카(Huancavelica)'에서 수은이 발견되자 부족한 광산 노동을 충당하기 위해 페루 식민지 부왕청은 잉카 시대의 부역제도(Mita)를 안데스 원주민에게 적용하기 시작했다. 남자들은 일정 나이 동안 광산에서 무임금 노동을 제공해야 했다. 이런 제도의 영향 때문인지 페루는 독립 후에도 백인에 대한 절대복종의 관습이 이어졌던 것 같다. 1960년대 중반까지 페루 원주민들이 백인을 만나 대화를 나눌 때는 나이에 상관없이 두 무릎을 꿇어야만 가능했다고 하니 식민지 시대 백인들의 위세는 상상을 초월한 것이었다. 아직도 페루에는 피부색에 따른 사회 인종 계층이 존재한다. 최상위가 전체인구의 약 15%를 차지하고 있는 '끄리오요(Criollo)' 백인이다. 정치, 경제, 사회의 모든 분야에서 이들이 모두 상위계층으로 군림하고 있다. 그다음이 약 50%를 차지하는 백인과 페루 원주민(Amerindian)의 혼혈인 '메스티죠(Mestizo)'이다. 세 번째가 백인과 흑인의 혼혈인 '물라토(Mulatto)', 네 번째가 약 25%를 차지하는 페루 원주민(Amerindian)들이고, 다섯 번째가 '쌈보(Zambo)'로 흑인과 페루 원주민과의 혼혈이다. 얼마나 백인 우월주의가 강한가 하면 '메스티죠'는 백인과 결혼하면 자녀들은 백인에 가까운 '카스티죠(Castizo)'로 신분이 상승되고, 또 그 자녀의 자녀가 백인과 결혼하면 최상위인 '끄리오요'로 진입하게 된다. 반면에 '메스티죠'가 페루 원주민과 결혼하게 되면 '메스티죠'보다 못한 '촐로(Cholo)'라는 등급으로 한 단계 떨어지게 된다. 지금은 이런 인식들이 많이 사라지고 그 용어들도 잘 사용되지 않지만, 여전히 백인들과의 혼인은 메스티죠 젊은이들이 가장 원하는 신분 상승의 도구가 되고 있다.

식민지 시대에 비록 정치적으로는 핍박받아 육체적인 고달픔을 겪었으나 종교가 유일한 위안과 희망이 되어 암울한 시기를 잘 견뎌낸 나라가 많았다. 그러나 안데스 원주민들에게는 오히려 종교가 더욱 잔인한 핍박과 박해의 수단이 되고 말았다. 세상을 구원하러 온 예수 그리스도를 믿는 종교인 가톨릭이 오늘날까지 안데스 원주민들에게 빛이 되지 못하는 이유는 가톨릭 전파를 시작할 때, 안데스 원주민들에게는 성경을 전파하지 않았다는 데에 있다. 성직자들까지도 핍박받고 약한 자의 편에 서기는커녕 착취와 박해의 앞잡이로 군림했다. 주교급 이상의 고위 성직자들은 끄리오요보다 더 높은 혈통인 '페니술라레스(Peninsulares, 스페인 본토 이베리아반도에서 태어난 백인)' 출신이 아니면 절대 불가했다. 성직자들 임명에서부터 인종적 차별을 두는 가톨릭교회로서는 '모든 사람은 하느님 앞에 평등하다'라는 하느님 말씀을 안데스 원주민들에게 전파하기가 심히 두려웠을 것이다.

안데스 원주민들은 하느님의 말씀에 감응하여 가톨릭을 믿은 것이 아니라 강압에 못 이겨 살아남기 위해서 가톨릭으로 개종했던 것이다. 스페인 사람들은 원주민들의 가톨릭 개종을 위해 잉카시대의 많은 신전을 부수고 그 잉카 신전의 돌 기초 위에 가톨릭 성당을 지었다. 처음에는 돌 기초도 없애고 성당을 스페인식 기초위에 지었지만 잦은 지진으로 견디지 못하고 모두 무너졌고, 잉카의 돌 기초 위에 지은 성당만 오랫동안 건재했다고 한다. 그 이후로 모든 잉카의 신전을 부수고 그 돌 기초 위에 가톨릭 성당을 건립했다. 잉카의 수도 쿠스코의 거대한 태양의 신전인 '코리칸차(Coricancha)'를 허물고 그 돌 기초 위에 '산토도밍고(SantoDomingo) 교회'와 수도원을 지었다.

지금 안데스 원주민들의 정신세계도 꼭 이와 같다고 할 수 있다. 전통 잉카의 정신세계를 지켜 온 것도 아니요, 그렇다고 정통 가톨릭의 정신세계도 아닌 어정쩡한 정신세계에 머물러 있는 것이 오늘날 페루인들의 현주소인 것 같다. 요즘은 그나마 잉카의 전통을 되살리려는 노력과 성서와 일치된 가톨릭을 받아들이려는 개혁의 움직임도 보인다. 하지만 그 두 정신적인 요소가 결합하여 새로운 정신세계로 발전해 이들의 의식에 뚜렷이 자리 잡으려면 아직도 더 많은 세월이 흘러야 할 것이다. 내가 어렴풋이 느낀 슬픔은 그들의 신분계층이나 가난한 삶 때문이 아니라 그들만의 확고한 정신세계의 부재 때문이 아닐까. 국민 대다수가 가난한 삶을 살고 있으나 개인 행복 인식 지수가 세계에서 가장 높다는 부탄의 사람들은 가난하더라도 확고한 정신세계를 가졌기에 슬퍼 보이지 않는다.

아르헨티나의 부유한 집 자식으로 전도유망한 의학도였던 '체 게바라(Che Guevara)'가 남미 구석구석 오토바이 여행을 다녀보고 나서 왜 열정적인 혁명가로 탈바꿈하게 되었는지, 왜 남미에서 해방신학이 탄생하게 되었는지, 그 이유를 이제는 조금 알 것 같다.

뜨거운 안녕

드디어 이곳에서의 기다리던 여름방학이 시작되었다. 아침 7시부터 모케과에 사는 한국인 10명 중 8명이 함께 승합차를 빌려여행을 다녀오기로 했다. 시내 외곽으로 벗어나자 밝아오는 차창 너머로 회백색 황무지 산들이 보이기 시작했다. 언젠가 잠깐 와 보았던 모케과시 근교에 있는 '또라따(Torata)' 마을을 지나서부터 차는 급하게 고도를 올라가는 것 같았다. 귀에서 찡하는 고막 퍼지는 소리가 몇 번인가 났다. 이곳을 지나면서부터 모케과 근처의 산에서는 느낄 수 없었던 푸른 생명의 미묘한 기운을 산등성이에서 느낄 수 있었다. 아무래도 이곳은 고도가 2,500미터 정도가 넘으니 그나마 우기에는 비가 조금씩 내리는 것 같다. 고도계가 4,000미터를 가리킬 때쯤 중간 휴게소에 도착했다. 잠시 멈추어 휴식도 취할 겸 아침 식사로 민물송어튀김을 먹자고 했다. 휴게소라고 해서 우리나라 고속도로 휴게소를 생각하면 곤란하다. 움막처럼 지은 허술한 헛간이나 창고 같은 곳에서 꾀죄죄한 식탁에 마주 앉아 음식을 기다렸다. 난생 처음 먹어 본 '뚜루차(민물송어튀김)'는 껍질이 쫀득쫀득한 게 생각보다 맛있었다. 아내도 한 마리를 다 먹어 치웠다. 식당 앞에서는 원주민 아낙이 쪼그리고 앉아 '뚜나(Tuna)'를 팔고 있었다. '뚜나'는 선인장 열매로 딱딱한 씨가 씹혀서 먹기가 다소 불편하지만 달짝지근하고도 시원한 과즙이 많아 평소에도 자주 사서 먹어 본 과일이었다. 과일 표면에 잘 보이지 않는 가시가 많아 맨손으로 표피를 만지면 손에 온통 가시가 박혀 무척 아리다. "반드시 상인이 칼로 껍질을 벗겨주면 속 알맹이만 받아서 먹어야만 안전하다"라고 한 번 경험을 해 본 아내가 주의를 단단히 준다.

차는 다시 출발했다. 이윽고 포장된 주요 도로에서 벗어나 비포장도로를 한참을 달렸다. 조용하고도 아담한 마을을 통과하고 꼬불꼬불 산모퉁이를 돌고 돌아 '쿠춘바야(Cuchunballa)'라는 마을 입구에 도착했다. 멀리 '산 크리스토발(San Cristobal)'이 마치 공중에 뜬 마을처럼 가물가물 보인다. 산 크리스토발에 가기 전 계곡 아래가 '푸티나' 간헐온천이 있는 곳이라 했으니 이젠 거의 다 온 것 같았다. 그런데 난처한 일이 생겼다. 마을 진입로에서 도로포장 공사가 한창 진행 중이었다. 사정을 알아보러 간 운전기사는 공사 때문에 이곳을 통과하기는 불가능하다

민물송어튀김 뚜루차

선인장 열매 뚜나

쿠춘바야 진입로 공사

고 했다. 마침 다행히도 우리가 가야 하는 그 계곡의 입구인 '깔라고아(Calagoa)' 마을은 우회해 가는 다른 길이 또 있단다. 어쩔수 없이 중간 휴게소로 왔던 길을 되돌아갔다.

차는 도로 개선 공사가 한창 진행 중이어서 임시로 낸 도로를 지나가고 있었다. 넋을 잃고 주위 풍경에 심취해 있는데 갑자기 차가 멈추어 선다. 차가 깊은 모래에 빠져 버린 것이다. 모두 내려서 차를 밀어 보지만 너무 깊게 빠진 바퀴는 겉돌며 빠져나오지 않았다. 예상치 못한 도로 공사 때문에 이미 시간이 많이 지체되었는데 이러다간 간헐온천을 보지도 못하고 되돌아가야 할지도 모른다는 초조감에 안달하던 중, 어디선가 페루 통신회사의 공사차 한 대가 나타났다. 도와달라는 요청을 하지도 않았는데 우리가 곤궁에 처한 줄 알고 기꺼이 찾아와 도와주는 것이었다. 작업복 차림의 장정들이 대여섯 내려 힘을 보태주자 차는 쉽게 빠져나올 수 있었다.

점심 식사시간으로는 약간 늦은 시각에 어렵사리 계곡 입구인 깔라고아 마을에 도착했다. 깔라고아는 깊은 계곡 위 평평한 평지에 자리한 조그마한 면 소재지 마을이었다. 근처 슈퍼에서 간헐온천물에 삶아 점심 대용으로 먹을 달걀 한 판을 사 들고 시간을 절약하기 위해 점심과 시내 관광도 생략한 채 바로 간헐온천으로 향했다. 차는 이제 급경사를 지그재그로 계곡 밑을 향해 한참을 내려갔다. 드디어 차는 조그만 다리를 건너 공지에 멈추어 섰다. 차에서 내리자 "치- 찌직-"어디선가 엄청난 힘을 느낄 수 있는 기체 분출 소리가 끊이지 않고 들린다. 거대한 압력밥솥에서 고압으로 농축된 수증기가 좁은 구멍을 통해 나오는 듯한 소리였다. 나는 이 소리의 실체가 궁금했다. 돌로 만든 징검다리를 건너 산모퉁이를 돌아서자 눈앞에 나타나는 광경에 놀라 입을 다물 수가 없었다. 그것은 간헐적으로 뿜어대는 간헐온천이 아니었다. 굳이 이름을 지어 말하자면 '지속 분출 온천'이었다. 강 옆 석벽에서 압축된 뜨거운 물줄기가 엄청난 수증기와 함께 마치 군 시절 화력 시범에서 보았던 화염방

고열로 압축된 증기가 뿜어져 나오는 분출온천

고산지역의 칼데라호수

사기를 쏘아 대듯 쉼 없이 공중으로 발사되고 있었다. 그 높이가 무려 4~5미터는 됨직했다.

여태 살아오면서 이토록 역동적인 자연 풍광은 본 적이 없었다. 이 광경 하나만으로도 낯선 페루에 온 가치를 찾을 수 있었다. 용기를 내어 조심스레 강바닥 자갈밭으로 내려가 돌들을 만져 보았다. 어떤 돌들은 살짝 들어내면 뜨거운 물이 보글보글 올라온다. 손끝을 넣어 보고는 깜짝 놀랐다. 몇 초만 그대로 두었다간 손에 화상을 입을 정도로 뜨거웠다. 가져온 달걀을 그곳에 넣으니 10분도 채 되지 않아 완숙이 되었다. 갈라진 암반의 틈새를 통해 강물이 마그마까지 스며들어가고 스며든 강물은 마그마와 접촉되면서 고온과 고압으로 압축되었다가 또 다른 틈새를 통해 다시 지상으로 분출되는 순환운동을 하는 것 같았다. 간헐적으로 분출되는 것이 아니라 끊임없이 계속되며 강력하게 분출되는 것을 보니 다른 온천 지역보다도 상당히 가까운 곳에 마그마가 있는 것 같았다.

그 마그마가 지상으로 분출하면 바로 화산 폭발이 아닌가? 이 계곡을 형성하고 있는 '후아이나푸티나(Huaynaputina, 4,850미터)' 화산은 1600년에 거대한 폭발을 일으켜 막대한 인명피해를 입힌 적이 있고, 페루에서 가장 최근(2016년 1월 15일)에 폭발한 화산으로 기록 중인 '우비나스(Ubinas, 5,672미터)' 화산도 지척에 있다. 안데스산맥이 청년기 지형으로 조산 활동이 활발하다는 지구과학 지식을 알고는 있었지만 그 힘을 직접 느껴 보니 놀라움과 두려움이 모든 지식을 압도했다. 계곡을 빠져나올 때 자꾸 뒤가 돌아다 보이고 나도 모르게 아무 일이 없이 이 계곡에서 벗어나기를 초조하게 빌면서 안데스와는 '뜨거운 안녕'을 했다.

잉카의 후예인 '케추아'어를 사용하는 안데스 원주민들이 왜 '파차마마(땅과 시간의 여신으로 화산과 지진을 관장)'에 대한 신앙이 그토록 돈독한지 이제야 이해가 되었다.

모케과의 개들

한국 파견교사들이 근무하는 '꼬아르(COAR, 높은 성과를 내는 학교)' 학교는 모케과 시내 중심지에서 조금 벗어난 곳에 계획적으로 구성된 신시가지 '산 안토니오(San Antonio)'라는 구역에 있다. 나도 학교 주변으로 주거지를 얻다 보니 자연스럽게 산 안토니오에서 살게 되었다. 머나먼 이국땅이니 모든 게 새롭게 느껴지지만 산 안토니오에 살면서 가장 먼저 피부로 느낀 이상한 점은 거리에 개가 너무 많다는 것이었다. 세어보진 않았지만 사람 수의 절반은 되는 것 같다. 게다가 대부분 놈들이 덩치가 커서 이방인인 나로서는 큰 위협을 느끼지 않을 수가 없었다.

처음에는 동네 개들 모두 주인이 없는 떠돌이 개인 줄 알았다. 그런데 알고 보니 형식적으로는 모두 주인이 있는 개들이란다. 모케과에서는 개들을 거리에 놓아 기르는 것을 허용하는 모양이었다. 자기 집 대문 앞에 개 밥통만 하나 두고 하루에 한 번씩 먹이를 주는 것으로 개 주인 노릇을 다하는 셈이 된다. 비가 자주 온다든지 기온이 영하로 내려가 보온에 신경을 써야 하는 일도 없으니 개집을 장만해 주는 일은 사치라고 느끼는 모양이다. 주인이 하루 이틀 먹이를 주지 않아도 개들은 나름대로 자급자족을 하는 것 같았다.

거리를 걷다 보면 마치 개의 전시장을 보는 듯하다. 개의 종류가 참 다양하다. 늑대만큼 큰 셰퍼드에서부터 쥐처럼 작은놈, 귀가 너무 크고 다리가 짧아서 귀가 땅에 닿는 놈, 귀가 작아 잘 보이지 않는 놈, 다리가 짧아 배가 바닥에 닿을락 말락 하는 놈, 다리가 늘씬하게 가늘고 긴 놈, 얼굴이 팍 찌그러진 놈, 눈알이 마치 금방이라도 튀어나올 것 같이 눈이 큰 놈, 입이 뾰족한 놈, 입이 뭉툭하여 민망한 놈, 얼굴이 긴 털투성이라서 눈이 어디쯤 붙어 있는지 가늠할 수 없는 놈, 앞다리 부분은 털이 짧고 엉덩이 부분만 털이 길어 마치 치마를 입은 듯이 보이는 놈, 갈색 눈이 있는가 하면 눈동자가 하얗게 보여 가짜 눈알을 박은 듯이 보이는 놈, 눈알이 붉은 놈, 좌우 눈알의 색이 다른 놈, 털색이 황구, 백구, 흑구, 얼룩 개, 한쪽 눈 주위만 검은색 무늬가 들어 마치 눈퉁이를 한 대 얻어맞아 멍이라도 든 듯 맹한 놈, 머리만 새까만 놈, 꼬리만 새까만 놈 등등 많은 종류의 개들이 거리를 활보한다. 그중 가장 특이한 놈은 털이 없는 '비링고

페루 안데스 특산견 비링고

(viringo)'라는 페루 특산종이다. 겉모습은 개인데 피부는 마치 돼지와 같다.

페루 사람들은 식민지 시대부터 개를 학대하지 않는 스페인 사람들의 습성을 배웠기 때문에 개들을 매로 때리거나 함부로 차지 않는다. 그래서 그런지 이곳의 개는 우리나라 개보다 더 당당하고 상당한 자존심을 가지고 있는 것 같다. 사람의 권리와 개의 권리가 상충되는 때에도 자기의 권리를 고수하는 것이 이곳 개들이 가진 보편적인 습성이다. 예를 들면, 산 안토니오의 거리는 한 사람이 겨우 걸어갈 정도로 인도가 좁은데, 그 좁은 인도로 사람이 걸어가는 걸음 바로 앞에 널브러져 누워 있는 개는 사람이 다가가도 절대 일어나지 않는다. 결국에는 사람이 다른 길로 돌아가야 한다. 이렇게 사람을 무서워하지 않는 개들이기에 어떤 때는 사람에게 마구 공격적인 행동을 보이기도 한다. 인적이 끊기는 늦은 밤이나 새벽에는 떼를 지어 몰려다니는 거리의 개들이 사람에겐 대단한 위협이 된다. 코이카 단원들의 사전 현장연수 때 제일 강조하는 것이 바로 '개한테 물리지 않도록 조심하라'는 것이다. 페루에서는 마땅한 치료방법이 없어서 개에 물리면 미국까지 가야 하는 경우도 발생한다는 것이다. 실제로 단원들 역시 "외출할 때 가장 겁나는 것이 거리의 개들"이라고 입을 모은다. 그래서 호신용으로 등산용 지팡이나 우산을 들고 다니는 단원들도 있다.

내가 근무하는 학교는 아파트에서 약 1킬로미터 남짓 떨어진 곳에 있다. 처음엔 대중교통을 이용해서 다녔지만, 차츰 지리도 익숙해지고 운동도 필요할 것 같아서 도보로 학교까지 출근했다. 그런데 중간쯤에서 덩치가 아주 크고 털색이 누런 개를 만났다. 무심히 지나치는 다른 개와는 달리 이놈은 나를 만나자마자 무슨 원한 관계라도 있는 것처럼 마구 짖으며 달려드는 게 아닌가. 거의 송아지만큼 큰 덩치에 눈알이 붉은 특이한 종이었다. 이놈이 달려드니 주위의 대여섯 마리가 함께 짖으며 합세한다. 덩치도 덩치이지만 공격적인 자세와 붉은 눈알이 너무 무서웠다. 하지만 뒤로 돌아서 달아나다간 바로 달려들어 물릴 것 같았다. 할 수 없이 그놈을 마주 쳐다보며 그 자리에 한참 서 있었다. 가슴은 콩닥콩닥 뛰고 등에서는 식은땀이 주르륵 흘러내렸다. 마침 지나가던 현지인의 도움으로 그 자리를 모면해 출근할 수 있었다. 그때 이후로 2~3일은 대중교통을 이용했지만 짧은 거리를 매번 이용하기도 성가시고 정류장까지 걷는 것이 불편하던 차에 그 개를 퇴치할 좋은 방법을 하나 배우게 되었다.

어느 날 공원 벤치에 앉아 휴식을 취하던 중 짖으며 달려드는 개에게 돌멩이를 집어 들어 퇴치하는 조그마한 소년을 보고서 돌멩이를 집으려는 시늉만 해도 개들은 멀리 도망간다는 사실을 알게 되었다.

다음 날 나는 용기를 내어 다시 걸어서 출근을 시도했다. 아니나 다를까 그 장소를 지나가자 큰 누런 개가 나를 보더니 또다시 짖으며 달려들었다. 얼른 허리를 수그려 돌멩이를 집는 시늉을 하니 화들짝 놀라며 멀리 도망간다. 그러나 내가 뒤돌아서 가던 길을 가려고 하면 다시 뒤쫓아 와 마구 짖는다. 그런데 매일 아침, 개와 이런 실랑이를 벌이려고 하니 피곤하기 짝이 없었다. 뭔가 특별한 조치가 필요할 것 같았다. 한번 따끔한 맛을 보여주어야만 다시는 쫓아오지 않을 것 같았다. 그래서 그다음 날은 미리 돌멩이 두 개를 손에 쥐고 그곳을 지나갔다. 마구 짖는 놈을 피해서 등을 보이고 빠른 걸음으로 도망치듯 걸어갔다.

인도에 널부러져 있는 모케과의 개들

나의 도망에 기세가 등등해진 놈은 맹렬한 기세로 나의 바로 등 뒤까지 쫓아왔다. 내게 가장 가까운 곳까지 쫓아 왔다고 생각될 때 갑작스럽게 뒤로 돌아서서 반격을 가했다. 돌멩이 두 개를 연이어 던져 하나는 정통으로 머리에 맞았고, 다른 하나는 놈의 옆구리에 맞았다. 그놈은 "깨갱"하는 짧은 비명을 남긴 채 아 주 멀리 도망쳤다. 그날 이후 내 모습이 멀리서 보이기만 해도 그놈은 무서운 듯 일어나 슬슬 자리를 피했다.

언제부터인지는 확실히 알 수 없으나 인간은 역사를 기록하 기 훨씬 이전부터 개와 함께 생활해 온 것으로 알려진다. 유구한 역사 속에서 개는 인간에게 정신적으로 위안이 되는 친구일 뿐만 아니라, 때로는 털과 고기를 제공하기도 하고 때로는 노동력을 제공해주기도 했다. 아직도 개를 가축으로 여기는 몇몇 나라들도 있지만, 선진국에서는 반려동물의 역할이 더 커지고 있다. 모케과에서도 '거리의 개'에 대한 논의가 있었다고 한다. 시민의 안전을 위해 모두 제거해버리자는 주장도 있었으나 인도적인 견지에서 너무 잔인하다는 반대에 부딪혀 흐지부지되었다고 한다.

인간사 모두가 그렇듯 '권리'에는 반드시 '의무'가 따르고 '사랑'의 감정을 느끼려면 반드시 수반되는 '돌봄'의 수고가 따른다. 개를 기를 수 있는 권리를 주장하기 전에 남의 안전을 침해할 수 있는 행위를 막을 의무가 있고, 개를 사랑하기 이전에 개를 제대로 돌볼 줄 아는 법을 배워야 한다. 하지만 이곳 사회에 그 정도의 시민의식을 기대하기란 너무 무리인 듯싶다. 나의 안전을 위해 내 나름대로 조심하는 수밖에 별 뾰족한 방법은 없는 것 같다. 로마에 가면 로마법을 따르라고 하지 않는가. 내일 아침부터는 소시지를 몇 개 들고 와야겠다. 그놈과 친해질 수 있는 방법을 한번 모색해 봐도 나쁘지 않을 듯하다.

검은 눈동자의 빛나는 희망

내가 근무했던 꼬아르는 페루 전국의 24개 주마다 하나씩 운영되고 있는 국립 기숙 고등학교다. 능력은 우수하나 가정이 빈곤하여 양질의 교육을 받지 못하는 학생들을 위해 국가가 모든 비용을 부담하는 사관학교 방식의 고등학교다.

꼬아르의 교육과정은 매우 빡빡한 일정으로 진행된다. 아침 7시 30분에 시작해 오후 3시 30분에 교과 시간이 끝난다. 5시 30분까지 2시간의 특별활동시간을 가진 후 저녁 식사 시간을 가진다. 일과가 끝나도 '아이비 커리큘럼(International Baccalaureate curriculum, 국제학력취득과정)'이라는 교육과정을 선택하여 야간에도 실험을 하거나 보고서를 작성하는 등 학생들은 대단히 바쁜 시간을 보내야 한다. 금요일 오후에 귀가하고 일요일에 입교하지만 많은 학생이 연휴나 방학이 아니면 집에 다녀올 수가 없다. 정원의 30%는 모케과주가 아니라 타주에서 학생들을 선발하기 때문이다. 인접한 주라도 버스로 4~5시간이 걸리거나 같은 주 내에서도 4~5천 미터 높이로 솟아있는 안데스산맥으로 인해 하루 이틀 만에 집에 다녀오기란 무리다.

한국교육파견자들은 이곳에서 선진 한국교육의 경험을 살려 페루 교육현장을 돕는 역할을 한다. 파견교사들은 1주에 20시간 현지 교사들과 함께 수업하면서 선진 수업 방법과 수업기술 위주로 돕고, 자문관은 월요일부터 금요일까지 주 5일간 아침 7시 30분에 출근하여 11시 30분까지 하루 4시간을 근무하면서 학교관리자들과 교사들에게 선진 한국교육에 관해 다방면으로 컨설팅을 한다. 파견되고 처음 몇 개월 동안 교사와 학생들의 질문도 많았고, 교사들의 컨설팅 요청도 많았다. 하지만 영어교사 말고는 영어를 할 줄 아는 교사가 드물었고, 나의 스페인어도 서툴러서 영어교사의 통역이 있어야만 서로 소통이 되는 번거로움이 있었다. 소통이 어려운 탓인지 한 달에 한 번 교장, 교감과의 정규 미팅 말고는 질문도 줄어들고 컨설팅 요청도 점차 사라졌다. 그로 인해 오전 근무시간이 무료해지기도 하고 자라나는 페루 학생들에게 한국을 제대로 알리는 것이 장차 국익에 큰 도움이 될 거라는 생각에, 학교장에게 교사와 학생들을 대상으로 한국어와 한국문화 수업을 제안했다. 그러나 오전 수업이 비어있는 몇몇 교사들은 가능하겠지만 학생들은 꽉 짜여진 시

파견교사 수업참관

간 때문에 도무지 시간을 낼 수가 없다고 했다. 그래서 교사들에게는 일주일에 두 번(화, 수) 오전 9시 30분부터 10시 30분까지, 학생들은 금요일 오후 3시 30분부터 5시 30분까지 2시간 동안 한국문화와 한국어를 가르쳐주기로 했다.

처음에는 호응이 대단했다. 학생들은 일주일을 고대하던 귀가 시간인데도 불구하고 60여 명의 학생이 수강을 신청해 다용도 강당에서 수업을 시작했다. 어려운 한국어 수업보다는 한국의 자연 풍경, 풍물 사진을 보여주며 진행하는 한국문화 수업을 위주로 진행했다. 학생들의 관심은 폭발적이었고 학생들을 데

리러 온 학부모까지 흥미를 보이는 등 때마침 세계적으로 인기를 끌고 있는 한국 아이돌 그룹 BTS와 함께 학교 내에서는 한국 바람이 휘몰아쳤다. 일시적으로 폭발하는 관심과 인기는 오랜 시간 동안 지속하기 어려운 것이 세속인심이라더니 몇 개월이 지나자 한국어반 학생 수가 15명으로 줄었다. 하지만 한국어반 학생들의 열성만은 전혀 수그러들지 않았는데, 한국어를 배우는 이유를 물었더니 15명 모두가 장차 성인이 되었을 때 한국을 여행할 계획이고, 그중 5명은 한국으로 유학해서 선진 한국의 기술을 배우고 싶다고 했다.

학생 중에서 유독 '마벨(Mabel)'과 '끌라리싸(Clariza)'라는 두 명의 여학생이 나의 관심을 끌었다. '마벨'은 같은 모케과주에 집이 있으나 차로 4시간 걸리는 안데스산맥 고산 골짜기에 자리한 해발 4,000미터 오지인 이츄냐(Ichunja) 출신이고 '끌라리싸'는 모케과에서 멀리 떨어진 페루 남중부 안데스산맥 깊숙한 곳에 자리한 '아야꾸초(Ayacucho)' 출신이었다. 이 두 여학생에게 내가 특별히 관심을 두게 된 계기는 분기마다 거행하는 학예회 때문이었다. 그 둘은 안데스 원주민 복장을 하고 한 조가 되어 안데스 민속전통춤을 아주 능숙하게 추었다. 현란한 복장과 모자를 쓰고 추는 그들의 춤사위는 안데스 원주민들의 전통과 문화를 보여주기도 하지만 300년 동안 스페인 백인들에게 핍박받아 온 안데스 원주민들의 한이 서려 있는 것 같아 애잔한 마음까지

전통복장에 전통춤을 추는 모케과 초등학생들

들게 했다.

　마벨의 부모는 해발 4,500미터에서 농사를 지으며 7명의 자녀를 키웠으나 아버지가 절벽 위 농토에 오르내리다가 떨어지는 사고를 당하여 척추를 심하게 다쳤다고 한다. 산골 오지라서 병원에 제대로 한번 가보지도 못하고 자리에 누워 시름시름 앓다가 돌아가신 아버지 때문인지 마벨은 반드시 의사가 되어 안데스 오지에 있는 사람들을 돕겠다고 했다. 끌라리싸는 1980년에 '모택동'식 공산주의의 기치를 내세운 반란조직인 '쎈데로 루미노소(Sendero Luminoso, 빛나는 길)'가 아야꾸초를 근거지로 삼아 페루 정부에 대항하여 일으킨 무장반란 사건의 부작용으로 할아버지, 아버지, 삼촌, 오빠를 잃고 집안에는 여자들만 살아남았다고 했다. 안데스 지역의 지긋지긋한 가난과 정치적인 혼란을 바로 잡을 정치가가 되기 위해 유망한 국립대학의 정치 경제학과에 진학하는 것이 목표이고, 그런 소망 때문에 이렇게 멀리까지 와서 공부하고 있다고 했다.

　두 학생과의 대화에서 브라질 상파울루 한국교육원장으로 국공립 학교와 유명 사립학교를 방문해보고 그 극심한 차이에 놀랐던 일이 새삼 떠올랐다. 학비가 비싼 사립학교는 교육 시설과 교사진 등이 우수한 반면, 국공립 학교는 강도와 매춘, 마약의 온상이 되고 말았다. 미래세대를 교육하는 방법이 '빈익빈 부익부(貧益貧 富益富)'로 악순환되는 사회엔 희망이 없다. 가난하지만

거리 행진하는 모케과 초등학생들

거리 행진하는 꼬아르 학생들

능력이 되면 양질의 교육을 받을 수 있는 기회를 주는 사회가 희망적이다. 그런 의미에서 페루의 꼬아르 교육 시스템은 후진국에서 국가의 발전을 도모할 수 있는 가장 좋은 시도라고 생각한다. 천연자원이 풍부하나 공교육이 허물어진 브라질보다, 국토 대부분이 안데스 산악지대로 많은 걸림돌이 산재해 있어도 발전 가능성의 측면에서 페루의 앞날이 더 밝다는 생각을 해 본다.

  1년에 한 번 오는 긴 여름방학 때가 아니면 집에 갈 수가 없는 마벨과 끌라리싸를 주말에 집으로 초대했다. 아내가 한국에서 가져온 음식 재료로 김밥, 라면, 잡채 등의 한국 음식을 한 상 차려 대접했다. "집에 가지도 못하고 용돈이 없어서 외출도 자주 하지 못해 늘 지루한 주말이었는데 이렇게 초대해주셔서 감사합니다"라며 처음 먹어 보는 한국 음식에 눈물을 글썽이는 그들의 검은 눈동자에서 나는 안데스의 희망을 볼 수 있었다.

두 번째
여정_

자연의 경이로움,
아레끼파와
아따까마 사막

백색의 도시, 아레끼파

페루에 도착한 이후로 처음 5일간의 휴가를 얻은 날, 나와 아내, 파견 선생님 두 분과 코이카 단원이 추천한 페루 제2의 도시 아레끼파(Arequipa)에 여행을 다녀오기로 했다. 아레끼파는 1835~1883년까지 48년간 페루의 수도였고 해발 2,300미터 고원지대에 자리해 있으며, 잉카시대부터 쿠스코와 더불어 페루 남부지방의 중심도시로 꽤 유서 깊은 곳이다. 지금은 약 90만 명이 거주하는 대도시이기도 하다. '아레끼파'라는 이름의 의미는 잉카의 언어인 '케추아어'로 '그곳에 머물라'라는 뜻이라고 한다. 한창 영토를 확장하던 잉카제국의 초창기 시절, 그곳을 정복하러 왔던 장군이 소규모 부족들이 살고 있던 그곳을 평정하고 쿠스코의 잉카 왕에게 돌아갈 것을 문의했더니 잉카가 대답한 말이 "아레끼파(그곳에 머물라)"였다고 한다. 우리는 아레끼파 인근 투어와 콜카캐니언(Colca canyon) 투어를 목표로 삼고 아레끼파행 시외버스에 몸을 실었다.

아레끼파는 상상했던 것보다 훨씬 크고 깨끗하게 정리된 대도시였다. 무엇보다 식물이 자라는 푸른 생명의 지대와 곳곳에 흐르는 수로가 모께과보다 훨씬 풍성해서 한결 마음이 편안했다. 사방을 둘러싸고 있는 5~6천 미터의 높은 산들도 아주 이색적이었다. 특히 '피추피추(Pichupichu)산, 미스티(Misti)산, 찬찬니(Chanchani)산'이 가장 돋보이게 솟아있는데 그중 '미스티산'은 마치 일본의 '후지산'을 꼭 빼닮아 더욱 인상적이었다. 이런 높은 산들의 정상에는 아직도 겨울에 온 눈들이 녹지 않고 하얗게 남아 있다. 그 눈들이 일 년 동안 서서히 녹아내려 아레끼파의 젖줄이 되고 있다는 것이다.

예약해 둔 호텔에 짐을 풀고 오후 시내 관광을 하기로 했다. 먼저 시내 중심부에 있는 아르마스(Armas) 중앙광장으로 향했다. 스페인 정복자들은 도시를 세울 때 제일 먼저 중심부에 사각형의 '아르마스 플라자(Armas Plaza, 중앙광장)'를 만들고 그 한쪽 면에 성당을 지었다. 그리고 그곳을 중심으로 시가지가 뻗어 나가도록 설계했다고 한다. 그래서 이 '아르마스 광장'은 페루 시민들의 대규모 집회 장소가 될 뿐만 아니라 시민들에게 만남의 장소, 휴식의 장소를 제공했다. 우리나라에서는 모든 산과 들에 풀과 나무가 자라 휴식을 취할 수 있는 장소가 지천이지만, 산과 들에 풀과 나무가 전혀 자랄 수 없는 황무지로 이루어진 페루 코스타 지역에서는 아르마스 광장이 시민들의 유일한 휴식 장소이기 때문이다.

아레끼파 도심에는 산타까타리나 수도원, 라 꼼빠냐 데 헤수스 교회, 라 레꼴레타 수녀원, 산타 데레사 수녀원과 박물관, 고고학 박물관 등 17~18세기 스페인 정복시대에 지어진 지배계층의 저택 등이 아르마스 광장을 중심으로 모여 있다. 이 건물들의 특색은 '시야(silla)'라는 하얀 화산암으로 지어져 벽체가 온통 흰색이라는 점이다. 그래서 이곳을 '백색의 도시'라고 부르기도 하고 유네스코 문화보존 지구에 선정된 바 있다고 한다. 페루 고산지대 특유의 맑은 햇빛 아래 백색의 건물들이 파란 하늘을 배경으로 솟아있는 광경은 참 아름답다.

도심을 다 둘러보고도 시간이 좀 남아서 택시를 타고 미라도르(Mirador)라는 전망대에 가기로 했다. 미라도르에 도착하니 벌써 어둑해져 있었다. 마침 무슨 야시장이 들어선 것 같았다. 먹거리 장사들이 포장마차처럼 운집해 있고 많은 사람이 모여 저물어가는 하루를 즐기기라도 하려는 듯 음식을 사 먹으며 부산하게 떠들고 있었다. 그 모습이 왠지 모르게 무척 여유로우면서도 활기차 보였다. 이제 막 어둠이 엷게 퍼져나가고 가로등 불빛들이 하나둘 켜지고 있는 황혼 녘의 아레끼파는 장관이었다. 5~6천 미터의 높은 화산들이 마치 흑백사진 속 풍경처럼 저물어가는 회색빛 하늘을 배경 삼아 검은 모습으로 우뚝우뚝 솟아 있고, 그 아래 넓은 분지에는 노란 불빛들이 하나둘 늘어가고 있었다. 마치 커다란 보석 진열대를 내려다보고 있는 느낌이었다.

미라도르 관광을 마친 우리는 내일 시내 투어를 예약하고 호텔로 돌아왔다. 아내의 몸 상태를 걱정했었는데 어제부터 고산병을 방지하는 약을 먹어서 그런지 의외로 잘 견디는 것 같았다. 만일을 대비해서라도 약을 먹어 두는 것이 좋겠다며 서둘러 챙기더니 다행이었다. 약을 먹지 않은 나는 처음엔 약간 어질어질한 기분이 일순간 있었지만 이내 괜찮아졌다. 고산에서 견디는 일도 면역이 생긴다. 참아내면 낼수록 견디는 힘이 더욱 강해진다고 한다. 내일모레 가려고 계획해둔 콜카캐니언은 무려 5천 미터의 고개를 넘어가야 하기에 무엇보다 건강이 가장 염려되었다.

다음 날 호텔의 아침 식사는 여주인의 친절만큼이나 정성이 듬뿍 들어있었다. 든든하게 식사를 마치고 도심에 있는 산타까타리나 수도원을 관람했다. 수도원은 상상했던 것보다 훨씬 넓었고, 성곽처럼 높은 담장으로 둘러싸여 외부와 단절되어 생활했던 17~18세기 수사들과 수녀들의 생활을 짐작할 수 있는 시설, 도구들이 진열되어 있었다. 외부 수로를 통해 물을 끌어와서 여러 개의 커다란 옹기그릇에 담아 저장하고 정화한 후 사용하는 시설이 특이했다. 한 사람이 독립적으로 생활하는 아파트

수도원 붉은 담장

옛 수도였을 당시 대통령궁

식 주거 공간도 있는 반면에 집단으로 취사를 해결하는 공간도 있었다. 아파트식 주거 공간은 먹고 자는 기본적인 생활을 할 수 있는 최소한의 공간으로 침실은 마치 토굴 같았다. 공간적으로 좁은 장소에 갇혀 생활해야만 했던 안타까움보다도 교리라는 엄중한 사고의 틀 속에 갇혀 생각하고 행동해야 했던 그때 사람들의 위축된 그 마음을 생각하니 같은 인간으로서 가슴에 짠한 그 무엇이 남는다. 지고한 천국을 꿈꾸며 인간 본성을 옥죄고 자유로운 행동과 사고를 가두며 현세생활을 희생했던 그 수사와 수녀들은 과연 행복했을까? 아니면 지금 천상에서 영원한 행복을 누리고 있을까? 한 가지 분명한 것은 마음의 자유로움을 옥죄고 가두는 곳에는 진정한 행복이 존재하지 않는다는 점이다. 그것이 설령 천국이라 할지라도 말이다. 자유로운 마음은 인간이 추구해야 하는 가장 높은 가치이기 때문이다. 수녀원의 붉은 담장과 대비되는 맑은 하늘은 푸른 물이 뚝뚝 떨어질 것같이 순진무구한 모습으로 텅 비어 거침이 없었다.

동물원을 거쳐 시내 투어를 마치고 현지 동료 선생님들이 추천했던 아레끼파 전통 음식점으로 물어물어 찾아갔다. 아레끼파의 전통음식 중에서도 커다란 피망 속에 만두소처럼 고기와 잘게 썬 채소를 넣어 찐 음식인 '로꼬또 레예노(locoto relleno)', 소고기를 포도주에 담갔다가 양념을 하여 그릴에 구운 '아도보(adobo)', 참새우에 채소와 치즈 등을 넣어 끓인 수프 '쏘파 데 까마로네스(sopa de camalones)' 등이 인기라고 한다. 로꼬또 레예노는 피망의 향이 고기와 채소에 녹아들어 달짝지근하고도 매운맛이 배어있어 맛있었다. 성대한 저녁 만찬을 즐기고 우리는 대망의 콜카캐니언 투어를 위한 예약을 마치고 호텔로 돌아왔다.

콜카캐니언으로 가는 길

콜카캐니언은 계곡의 경치도 경치이지만 '콘도르(condor)'라는 안데스 독수리를 볼 수 있는 곳으로도 유명하다. 1박 2일 투어 종류에는 2가지가 있는데, 하나는 '치바이(Chivay)'에서 하루를 묵고 자동차로 계곡 전망대까지 갔다 오는 '컨벤션 투어', 또 하나는 어느 지점까지는 자동차로 가고 약 10킬로미터를 걸어서 계곡 밑바닥까지 내려가 그곳에서 하루 야영 후 그다음 날 올라오는 '트레킹 투어'였다. 젊은 선생님 두 분은 '트레킹 투어'를, 아내와 나는 '컨벤션 투어'를 예약했다.

아침 7시가 되자 호텔 앞으로 투어버스가 왔다. 나와 아내, 가이드, 운전기사를 포함해 15명이 콜카캐니언의 거점도시인 치바이를 향해 출발했다. 페루에서의 여행은 해발고도의 변화가 큰 관심사다. 고산병으로 여행을 망치는 일이 비일비재하기 때문이다. 차가 높은 고산지대로 오르기 전 아레끼파시의 마지막 외곽지대 어느 가게 앞에 멈추어 섰다. 가이드가 "이후 중간 휴게소까지 2시간 동안 화장실과 상점이 없으니 용변도 보고 물 등 필요한 물품을 사라"고 말해주었다. 또 고산병에 매우 유효하다는 말린 코카 잎을 사두는 것이 좋다고 귀띔해주었다. 고산에서 머리가 띵하게 아프기 시작할 때 이 말린 코카 잎을 씹으면 머리가 한결 개운해진단다. 아내와 나는 코카 잎 한 봉지와 코카 사탕 한 봉지를 샀다.

승합차는 미스티 화산의 왼쪽 옆으로 난 길을 따라 마구 올라갔다. 얼마를 올라왔을까? 창밖으로 넓은 고산평원이 펼쳐졌다. 이곳은 그래도 비가 조금씩 내리는지 이끼와 같은 아주 짧은 풀들이 군데군데 자라고 있었다. 고산에서 산다는 비쿠냐(vicuna)와 알파카(alpaca)들도 간혹 눈에 띄었다. 해발 3,200~4,800미터 사이에서 서식하는 비쿠냐는 한때 멸종위기까지 갔으나 지금은 보호종으로 그 개체수가 많이 늘어났다고 한다. 비쿠냐는 페루 국기에 등장할 정도로 페루인들이 귀하게 여기는 동물이다.

또 한 번 승합차가 멈추어 선다. 고도 3,500미터에 있는 마지막 휴게소였다. 고산병약을 먹어서인지 두통은 없었다. 휴게소에서 더운물에 코카 잎을 우려낸 차를 한 잔씩 사서 마셨더니 한결 기분이 좋아졌다. 하지만 아직 1,500미터를 더 올라가

고산의 방목 야마

야 한다. 우리가 탄 승합차는 온통 황무지인 산의 모퉁이를 돌아 다시 자꾸만 위로 올라갔다. 고막에서 '찡'하는 느낌이 여러 번 계속되었다. 고도가 높아지면 기압이 내려가고 몸은 그 변화에 적응하기 위해 미세하게 움직이는데 가장 민감한 고막이 신체에 신호를 보내는 것 같았다. 이윽고 가장 높은 전망대인 '빠따빰바(Patapamba)' 고개에 도착했다며 잠시 쉴 테니 내려서 구경하라는 가이드의 안내 말에 고개를 돌려 버스 안을 둘러보았다. 몇몇 여행객들은 고산병으로 버스에서 아예 내리지도 못했다. 다행히 아내와 나는 고산병약의 효과를 본 것인지, 아니면 열심히 씹었던 코카 잎 덕분인지 속이 약간 매스껍고 머리가 띵하고 숨이 찼지만, 해발 4,910미터 고지에 언제 또 발을 딛고 서 보겠는가 싶어 차에서 내렸다. 전통복장을 한 원주민들이 알록달록한 페루 특유의 문양들로 된 기념품과 옷가지들을 좌판에 늘어놓고 팔고 있었다. 나는 잠시 머무는 데도 이렇게 숨이 찬데 매일 이렇게 높은 곳까지 올라와서 장사하는 원주민들은 도대체 어떤 심장과 허파를 가진 것인지 새삼 놀라웠다.

빠따빰바 고개에서 바라보는 풍경은 대단했다. 어지간한 산들은 모두 발아래 내려다보였고, 암빠또(Ampato, 6,310미터), 미스미(Mismi, 5,672미터), 뾰족한 정상으로 연기를 모락모락 피우고 있는 사방카이 화산(Sabancay, 5,976미터)도 멀리 보였다. 그리고 안데스산맥은 태평양판과 남미 대륙판의 충돌로 바다 밑 지형이

빠따빰바 고개의 원주민 장사

융기되어 만들어졌다는 지질학적 지식을 현장에서 눈으로 확
인할 수 있는 증거도 발견할 수 있었는데, 강이나 바다에서만
볼 수 있는 동글동글하게 마모된 돌들을 5,000여 미터 고지에
서 볼 수 있었던 것이다. 융기가 시작되기 전부터 바다 밑에 있
던 돌들이 처음 모암에서 떨어져 나와 동글동글 수마가 되기까
지 또 수만 년의 세월이 흘렀을 것이다. 잘 다듬어진 돌들을 보

치바이 노천온천으로 가는 길

고 있자니 고작 백 년도 살지 못하면서 아옹다옹하는 우리의 어
리석음이 참 부질없다는 생각이 들었다.

차는 이제 고도의 정점을 찍고 치바이를 향해 내려가기 시작
했다. 치바이 마을은 우리나라 면 소재지 정도의 크기다. 점심
식사 후 치바이 호텔에 여장을 풀고 온천욕을 하러 갔다. 치바
이 인근 도로에서 100미터 정도 내려간 곳에 우리나라 산간계
곡처럼 징검다리로 건널 정도의 물이 흐르고 있었고, 그 개울

건너편에 김이 모락모락 나는 온천 풀장이 여러 개 있었다. 아직 개발되지 않아 자연 그대로의 모습을 간직하고 있는 게 이채롭다. 아내와 나는 수영복으로 재빨리 갈아입고 온천욕을 즐겼는데, 물속은 따뜻하고 좋았지만 계곡이라 그런지 빨리 그늘이 져서 물 밖으로 나오면 상당히 추웠다. 곳곳에 80~90도의 물이 바위틈에서 솟구치고 있었고 흐르는 개울물과 적당히 섞어서 온천수를 만드는 것 같았다.

온천욕을 마치고 호텔로 돌아왔다. 3,800미터 고지대라서 그랬는지 아니면 오늘 여정이 힘들어서 그랬는지 다소 피곤함이 몰려왔다. 그대로 쓰러져 쉬고 싶었지만 허기가 져서 픽업하러 온 승합차를 따라나섰다. 한눈에 봐도 관광객들만 손님으로 받는 전문식당인 듯했으나 그런대로 맛있게 저녁 식사를 해결했다. 식사 후에는 화려한 복장과 현란한 몸동작의 현지 전통춤과 노래 공연이 있었다. 공연의 내용은 자세히 알 수 없었지만 선과 악의 투쟁에서 선이 최후에 승리하는 줄거리라는 정도만 유추할 수 있었다. 고지라 그런지 밤 기온이 생각보다 훨씬 더 내려가고 있었다. 준비해 온 두꺼운 겨울 점퍼를 꺼내 입고 이불을 뒤집어쓰고서야 고단한 오늘 하루의 마무리를 지을 수 있었다.

치바이 노천온천

세계에서 가장 깊은 계곡, 콜카캐니언

호텔에서 주는 아주 간단한 아침 식사를 마치고 일찍 버스에 올랐다. 오늘 가게 될 콜카캐니언은 계곡의 웅장함도 구경거리이지만 그 계곡에 서식하는 안데스 독수리 콘도르의 비행을 구경하는 일도 하나의 볼거리라고 한다. 가이드는 "콘도르는 해가 중천에 떠오르면 비상을 멈추기 때문에 서둘러 아침 일찍 떠나야 한다"고 설명해 주었다.

콜카캐니언 전망대에 도착하기 전 '양케(Anque)와 마카(Maca)'라는 조그만 두 개의 마을에 들를 기회가 있었다. 안데스 고원지대에서 사는 주민들의 생활을 직접 눈으로 보는 좋은 기회였다. 작은 마을이지만 어김없이 중앙에는 아르마스 광장과 성당이 있었고 그곳을 중심으로 마을이 들어서 있었다. 이곳에도 관광객들에게 물건을 판매하는 상인들로 북적였다. 이른 아침부터 기념품 하나라도 팔기 위해 원주민 복장을 차려입고 좌판을 서둘러 펼쳤을 아낙네들의 고단함을 생각해서 나도 자그마한 기념품을 하나 샀다. 아내는 성당에 들어가 기도를 하는지 보이지 않고 허락한 시간도 20여 분 정도 남아 있었다. 아르마스 광장을 벗어나 마을 안쪽 골목길로 접어들어 어느 한 집을 기웃거렸다. 우리나라 60년대의 농촌처럼 가난한 더께가 덕지덕지 묻어 있는 시골 삶의 현장이었다. 마당 한쪽이 쓰레기장을 겸하여 거름도 한데 모아 놓는 장소이고 그곳에 조랑말 한 마리가 매여 있었다. 낡아 반쯤 허물어진 헛간과 다 찌그러져 삐걱거리는 나무 대문 그리고 주름투성이의 얼굴로 해맑게 웃는 노인들을 보니 마치 유년 시절로 돌아간 듯한 착각이 들었다.

이윽고 콜카캐니언 전망대에 도착했다. 세계에서 가장 깊은 계곡으로 코로푸나(Coropuna, 6,425미터) 화산과 암빠또(Ampato, 6,310미터) 화산 사이에 생긴 협곡이다. 제일 깊은 곳이 4,160미터이고 평균 깊이가 3,400미터(미국의 그랜드캐니언은 2,500미터)로 100킬로미터 거리에 뻗어 있다고 한다. 넓이와 그 웅장함은 그랜드캐니언을 따라가지 못했지만 좁고 깊은 협곡이 신기했다. 6,300미터의 산 정상에서부터 계곡 바닥까지 3,300미터 드리워진 검은 절벽을 바라보고 있자니 자연의 경이는 인간 생각의 한계를 깨뜨려 상상력을 무한대로 키워주는 원동력이 된다는 사실을 새삼 깨닫게 된다. 크게 소리치면 반대편 절벽에 가 닿을

콘도르를 기다리던 콜카캐니언

것 같다.

모두 적당한 자리를 잡고 콘도르가 나타날 때까지 기다렸다. 콘도르의 날개 길이는 3미터에 달하고 하늘을 날 수 있는 새 중 가장 큰 새라고 한다. 페루인들은 콘도르를 '영혼과 교감하는 새, 자유의 상징'으로 여겨 신성시해왔다고 한다. 그래서 영웅들이 죽으면 콘도르가 된다고 믿었다. 300년 이상 스페인의 억압에 시달려 온 페루인들이 푸른 하늘을 배경으로 자유롭게 날 수 있는 콘도르를 보며 해방과 희망의 꿈을 키워왔던 것은 아닐까.

콘도르는 약간 부패한 동물의 사체만을 먹이로 삼기에 가축을 해치지 않는다고 한다. 사람들에게 해가 되는 일을 하지 않고 동물들의 영혼과 교감하는 힘을 가졌다고 여겨 안데스 원주민들이 이 새를 신성시 여겼던 것 같다. 원주민들은 가축이 병으로 죽으면 땅에다 묻고 사고로 죽으면 하루를 묵혔다가 콘도르의 서식지인 절벽에 떨어뜨려 콘도르의 먹이로 주었다. 그래서 안데스산맥에 거주하는 원주민들의 마을마다 콘도르와 관련된 많은 전설이 있다고 한다. 그중에 한 가지를 콘도르를 기다리는 동안 가이드가 내게 말해준다.

야생동물들은 죽을 때 급작스러운 사고로 인한 죽음이 아니면 보통 자신의 죽음을 감지한다고 한다. 죽을 때가 가까워지면 자신만 아는 호젓한 곳을 택해 흐트러진 영혼을 조용히 추스르는 시간을 가진 뒤 죽음을 맞이한다고 한다. 그래서 사람들은 야생에서 자연사하는 야생동물의 주검을 쉽사리 목격하지 못한다. 덩치 큰 코끼리가 자연사할 때도 사람들은 코끼리의 주검을 쉽게 찾아내지 못한다고 야생동물학자들은 말한다. 이 고산지대에 사는 비쿠냐, 알파카, 야마(llama)들도 죽을 때는 그들만의 호젓한 장소를 찾아가는데 영혼으로 교감하는 콘도르에게만 그 장소를 알려준다는 것이다. 그래서 콘도르는 동물들이 죽는 장소를 쉽게 안다고 한다. 그리고 영혼이 정리될 때까지 하루를 조용히 기다렸다가 그곳을 찾아가 영혼이 떠나간 동물의 사체를 먹이로 먹는다는 것이다. 어떤 마을에서는 콘도르의 영혼과 교류하는 능력을 가진 사람을 촌장으로 선발했다고도 한다. 비쿠냐를 한 마리 잡아 사흘 동안 치차(chicha, 옥수수로 만든 알코올 도수 4~5도의 안데스의 전통 음료)에 담가 두었다가 콘도르가 잘 나타나는 곳에 두면 그것을 먹은 콘도르가 술에 취해 뒤뚱거릴 때 사로잡는다. 이렇게 잡은 콘도르를 긴 끈으로 묶어 놓고 며칠을 기다렸다가 마을 사람들이 모두 모인 중앙광장으로 데리고 가서 촌장 후보자들을 엎드리게 해놓고 콘도르가 등에 올라가 머무르는 사람을 촌장으로 결정했다고 한다. 참 흥미로운 일화다.

푸르디푸른 하늘에서 폭포수처럼 쏟아지는 맑은 햇빛을 맞으며 천길 벼랑 끝에 서서 불가능의 상징처럼 막아서 있는 맞은편

콘도르가 출현한다는 팻말

검은 절벽을 바라본다. 잠시 눈을 감고 잉카인들의 질곡 같은 삶과 1781년 반란을 일으켜 안데스 원주민의 나라를 세우려다 실패한 콘도르칸키의 비운을 생각하며 슬픔에 젖는다. 콘도르 칸키가 처형당하고 30년이 지난 1821년 7월 28일, 아르헨티나의 '산 마틴(San Martin)' 장군이 리마에 입성하여 독립을 선언하고 3년 후 베네수엘라의 '시몬 볼리바르(Simon Bolivar)' 장군이 페루 중부의 고원 도시 아야쿠초(Ayacucho)에서 왕정의 마지막 군대를 격퇴함으로써 스페인 왕정으로부터 페루의 독립은 이루었으나 지금 페루의 상류층을 구성하고 있는 끄리오요를 위한 독립이요, 해방이었지 아직 가난한 안데스 원주민들에게 진정한 해방이란 저 절벽만큼이나 아득했기 때문이다. 그래서 콘도르에 대한 그들의 숭배 의미가 어쩔 수 없는 슬픔이 되어 다가오는 것인지도 모른다.

어느덧 계곡으로부터 올라오는 서늘한 바람이 태양으로 달구어진 얼굴을 식혀 준다. 가물거리는 계곡 밑바닥을 응시하며 콘도르를 기다린 지 벌써 2시간이 흘렀다. 가이드가 다가와 슬픈 표정으로 "오늘은 콘도르가 나타나지 않을 것"이라고 말한다. 콘도르는 해가 높이 솟아 흐르는 강물에 햇살이 비추기 시작하면 절대로 나타나지 않는다고 했다. 오면서 잠시 보았던 안데스 원주민들의 가난한 삶을 보고 느낀 애잔함을 콘도르의 힘찬 날갯짓으로 위안 삼으려 했는데 아쉬움이 컸다. 조용하던 전망대가 다시 술렁이기 시작했고 관광객들을 태우고 왔던 승합차들이 하나둘 떠나기 시작한다. 허탈한 시선을 계곡 속에 던진 채 후일을 기약하며 나도 승합차에 몸을 실었다.

페루의 따끄나와 칠레의 아리까

함께 근무하는 한국파견교사 중 수학교사인 이 선생이 크리스
마스를 전후해 칠레의 북부 아따까마(Atacama) 사막을 여행하고
갓 돌아왔다. 오랜만에 함께하는 저녁 식사 자리에서 세계에서
가장 건조한 아따까마 사막의 황량한 아름다움과 기묘한 풍경
을 이야기하며 모든 여행 정보를 상세히 알려줄 테니 한번 다녀
오라고 권하기까지 한다. 나 역시 칠레 북부와 가까운 모케과에
살면서 언젠가는 한번 다녀오리라 마음먹었던 곳이기도 하고,
사전 여행 정보를 들어보니 별 무리 없이 다녀올 수 있을 것 같
았다. 하지만 페루 모케과에서 칠레 아따까마 사막까지는 버스
여행을 하기에 상당히 먼 곳이다. 모케과에서 2시간 정도 걸리
는 페루의 국경도시 따끄나까지 일단 가야 한다. 그리고 그곳에
서 또다시 2시간 정도 국경을 넘어 칠레의 아리까(Arica)까지 가

전망대에서 바라본 아리까 시가지

야 하고, 아리까에서 아따까마까지 11시간을 가야 하는 긴 여정
이다. 그래서 버스 이동시간인 22시간을 밤에 이용하는 것이 경
비와 시간을 절약하는 가장 좋은 방법이다.

　며칠 뒤 칠레의 아리까를 향해 모께과발 7시 버스를 탔다. 먼
저 페루의 남쪽 국경도시 따끄나로 갔다. 여기서 칠레의 아리까
까지 국경을 넘어야 한다. 페루의 따끄나와 칠레의 아리까는 태
평양 연안 건조한 지역에 자리 잡은 국경 거점도시로, 근세에
들어와 전쟁이라는 커다란 변혁을 겪으면서 숱한 사연들을 간
직하고 있다. 1800년대 중반까지만 해도 칠레의 북부 큰 도시
인 이키케(Iquique)까지 모두 페루의 영토였다. 국경 지역에 있는
구아노와 초석의 산지를 두고 일어난 페루, 볼리비아 연합국과
칠레 간의 태평양전쟁(1879~1883년)에서 패전한 페루는 이키케
를 칠레에 빼앗겼으며 동맹국인 볼리비아는 더 남쪽의 안토파
가스타(Antofagasta) 항과 내륙의 아타카마 사막 지역을 빼앗겨 바
다로 통하는 해안선을 잃고 내륙국이 되었다고 한다.

　칠레가 태평양전쟁에서 승리하고 이 두 도시를 점령한 1883
년부터 1929년 리마조약(따끄나는 페루, 아리까는 칠레에 귀속되고 칠
레는 배상금으로 600만 달러를 페루 정부에 지급하며 아리까 항구의 사용권을
페루와 볼리비아에게 허락하도록 결정)이 체결될 때까지 근 반세기 동
안 이 두 도시는 칠레의 지배를 받아야만 했다. 칠레 정부는 페
루인들에게는 탄압과 설득정책으로, 칠레 주민들에게는 이 두

도시로의 이주를 권장하는 정책으로 무진 애를 썼던 것 같다. 칠레 정부의 강압 및 설득정책에 맞서 따끄나의 애국 주민들은 1901년 그 당시 금지되어 있던 페루 국기를 들고 거리행진을 하는 봉기를 일으켰다고 한다. 많은 사람이 투옥되고 칠레의 탄압은 가중되었으나 그들의 애국심을 잠재울 수는 없었다. 그들은 똘똘 뭉쳐 이주해 오는 칠레 주민들에게 맞서기도 하고 생활이 어려워 이주하려는 페루인들을 도와 떠나지 않게 하는 등 애국적인 일들을 계속했다. 마침내 1929년 리마조약이 체결되고 따끄나가 페루에 귀속되자 그것을 기념하는 행사로 많은 사람이 커다란 페루 국기를 들고 거리행진을 하는 '애국기 행진(Paseo de la Bandera)' 축제를 매년 8월 28일에 전국적으로 실시해 오고 있다.

이에 반해 아리까는 스페인 식민지 시절, 볼리비아 포토시(Potoci)에서 은광이 개발되자 은광석을 스페인으로 실어 나르는 항구로 개발된 도시였다. 그러다가 남미 내륙의 육로 교통이 발달하고 은광석 수출항이 대서양의 '부에노스아이레스(Buenos Aires)'로 바뀌자 아리까는 다시 피폐해졌다. 그때 칠레에 노예로 건너와 살다가 노예해방과 더불어 자영업으로 성공을 거둔 아프리카인의 후손들이 새로운 정착지를 찾아 북쪽으로 이주해 온 곳이 아리까다. 그래서 아리까의 주민들은 페루보다 볼리비아나 칠레 및 그 외 이국적인 요소가 더 많이 잠재해 있었다.

아리까 항구

아리까 거리예술가의 작품

리마조약이 체결된 지 88년이 지난 지금 따끄나는 페루에서 가장 애국적인 도시로 명명되고 있고, 수출입자유지역인 페루 제8의 도시로 빠르게 성장하고 있다. 아리까 역시 광물과 천연가스 수출항구와 어업 전진기지로 칠레경제에 중요한 몫을 차지하고 있다. 특히 최근에 개발된 안데스산맥 지역의 '알티플라노(Altiplano)' 관광이 세계인의 관심을 끌고 있다. 칠레의 선진경제가 이루어 놓은 깔끔한 거리와 '4계절 봄'이라는 별칭이 붙을 정도로 상큼한 기후 때문에 칠레인들에게는 휴양의 도시로 잘 알려져 있다. 하지만 늘 국가 간의 분쟁은 개인의 삶을 파괴하기도 하는 법이다. 인위적인 국경선이 따끄나와 아리까 사이에 그어졌기에 두 도시에는 아직도 혈연 및 경제적인 관계가 서로 얽혀 있는 사람들이 많아서 국경검문소는 늘상 붐빈다고 했다.

페루의 따끄나와 칠레의 아리까를 오고 가는 교통수단엔 3가지 방법이 있다. 하루에 한 번 왕래하는 국제선 열차가 있지만, 너무 이른 시간에 출발해 시간을 맞추기가 상당히 어렵고, 하루에 서너 차례 운행하는 정기국제노선 버스도 있으나 이 역시도 횟수가 적어 불편하다. 요금이 약간 비싸긴 하지만 6명 인원만 채우면 언제든지 떠날 수 있는 콜렉티보택시(collectivo taxi, 합승 택시)가 그나마 편리해 사람들이 가장 많이 이용한다고 한다.

붐비는 국경검문소에서 시간이 다소 지체되기는 했으나 합승 택시는 11시경 아리까의 국제선 버스정류장 앞에 도착했다. 도

아리까 시장

착하자마자 아따까마행 밤 버스를 예약하기 위해 바로 옆에 있는 칠레 국내선 버스정류장으로 갔으나 신정연휴기간이라 관광객들이 몰리는 바람에 버스표가 매진되었다고 한다. 우리나라처럼 칠레인들도 신정연휴기간에 여행을 많이 다니는 모양이었다. 하는 수 없이 하루를 아리까에서 묵고 다음 날 밤 버스를 타기로 했다. 무려 34시간을 아리까에서 보내야 했다. 갑자기 던져진 한 뭉치의 시간이 무척 난감하고 당혹스럽기까지 했다. 하지만 아리까에서의 34시간은 아리까와 칠레 북부를 좀 더 깊이 이해하는 기회가 되었던 것 같다. 시내버스를 타고 종점들을 오고 간 시내 투어로 시가지 곳곳의 모습과 해안가의 풍정(風精)을 보았고, 중간에 들른 중앙시장에서는 칠레 북부에서 생산되는 농산물과 과일 그리고 생필품을 구경하며 그들의 생활을 어렴풋이 짐작할 수 있었다.

여행에 있어 예상치 못한 돌발 변수는 계획을 망가뜨려 시간과 경비의 낭비를 초래하는 것 같지만, 인생이 또 하나의 여행이라고 가정할 때 꼭 낭비라고만 말할 수 없을 것 같다. 예상치 못한 만큼 또 다른 신선한 경험을 해볼 수 있는 기회가 되기 때문이다. 이 모든 것들이 나와의 인연 때문에 일어나는 일들이 아니겠는가. 내일은 또 어떤 인연들이 아따까마에서 나를 기다리고 있을까?

자연의 소금이 빚어놓은 예술품

아름답고 가치 있는 것일수록 만나기가 수월치 않다는 세상의 법칙을 보여주는 것일까. 아따까마로 가는 데 어려움을 겪을수록 그곳에 대한 기대감은 더욱더 커졌다. 드디어 미리 예매해둔 야간 버스를 탔다. 버스는 어딘지도 모르는 캄캄한 어둠 속으로 한 치의 머뭇거림도 없이 계속 달렸다. 멀리서 불빛들이 간혹 지나가지만 한 번도 주위 풍경을 볼 수 있는 가까운 불빛은 볼 수 없다. 인적이라고는 전혀 느낄 수 없는 외진 곳을 홀로 달리는 것 같았다. 얼마가 지났을까, 깜빡 잠이 들었던 모양이다. 웅성거리는 소리에 깨어 보니 짐 검사를 한다고 모두 짐을 챙겨서 내리라고 한다. 시간을 보니 새벽 2시였다. 칠흑 같은 어둠 속에 희미한 불빛을 밝힌 검문소 하나가 눈에 들어온다. 승객들이 내리자 제복을 입은 사람 하나가 개를 데리고 버스에 오른다. 마약운반을 단속하는 것 같았다. 그나마 겨우 들었던 잠을 차가운 밤공기로 쫓아버리고 버스는 아무 일도 없었다는 듯 다시 어둠 속을 달린다. 불면의 밤뿐만 아니라 늦은 아침의 시끌벅적함까지 싣고서 아따까마 사막의 거점도시 산 페드로 데 아따까마 (San Pedro de Atacama)에 예정보다 1시간 40분 늦게 도착했다. 버스에서 내려 이틀 후 밤 9시에 돌아가는 표를 예약하고 간단한 빵으로 아침 식사를 해결했다.

오아시스의 도시인 산 페드로 데 아따까마는 갑작스럽게 늘어난 관광 수요에 발맞춰 빠르게 변모되어가는 시골의 자그마한 촌락이었다. 이제 막 붐이 일기 시작하는 이곳 관광산업의 현주소를 말해주듯 좁은 거리마다 사람들이 넘쳐나고 옛날 시골 토담집들을 개조해 만든 식당이나 가게마다 관광객들로 붐볐다. 우리도 예약해 두었던 숙소로 찾아갔다. 도심에서 다소 떨어진 새로운 시가지에 있어 찾는 데 다소 어려움이 있었지만, 개업한 지 얼마 되지 않은 소박한 호텔이었다. 이 도시에서 경험할 수 있는 투어 종류는 총 9가지였는데 아내를 생각해서 고산병을 유발할 수 있는 고지 투어들은 배제하고 3일간의 시간 여유도 고려해 3가지만 경험하기로 했다. 도착한 당일에는 비교적 짧은 시간이 소요되는 '달의 계곡'과 '일몰' 투어를, 내일은 온종일 여유가 있으니까 중식이 포함되는 '7개의 소금호수' 투어를, 마지막 날은 오후 늦게 이곳을 떠나야 하니까 피로도

까리 전망대에서 바라본 아따까마 달의 계곡

풀 수 있고 비교적 일찍 마치는 가벼운 '온천 계곡' 투어로 예약
했다.

　오후 2시에 여행사 앞에서 25인승 승합차를 타고 세계 각지
에서 온 여행객들과 함께 '달의 계곡' 투어를 떠났다. 시가지를
벗어나 황량한 사막을 한 20여 분 달리더니 사막 허허벌판에 덩
그러니 놓인 건물 한 채 앞에 차가 멈춰섰다. 그 건물은 입장권

까리 전망대에서 바라본 부드러운 물결무늬의 모래

까리 전망대에서 바라본 아따까마의 거친 산

비구상 진흙소금 조각상

판매소와 물과 간식거리를 살 수 있는 매점이었다. 다시 차를
타고 한 20여 분 달리니 바위산이 보이기 시작하고 계곡다운 계
곡으로 들어섰다. 주차장에 차를 세우고 30여 분을 걸어서 바위
산에 오른다. 어디를 봐도 생명의 자취는 없지만 거친 바위산과
부드러운 모래언덕이 만들어 내는 질감의 대비가 묘한 아름다
움을 자아낸다. 까칠까칠한 바위산과 부드러운 물결무늬의 모
래언덕을 바라보고 있자니 인간이 만든 예술품들은 다 보잘것
없는 한낱 자연의 아류에 지나지 않는다.

조그마한 바위산 마루에 자리한 까리(Cari) 전망대에 올라섰다. 그 너머에 펼쳐지는 광경은 왜 이곳을 '달의 계곡'이라고 명명했는지 알 것 같았다. 달의 계곡을 가로질러 다음으로 간 곳은 자연이 만든 조각품들이 있는 곳이었다. 완만한 경사를 이루는 넓은 평원은 소금 결정체가 서리처럼 하얗게 덮여 있고 군데군데 동그란 진흙 동산들이 마치 옛날 무덤처럼 보였다. 이 황량한 소금 공원을 지키는 수문장인 듯 비구상 조각 작품 몇 개가 서 있다. 인간의 생각이 전혀 들어있지 않은 기상천외한 모습이 마치 동양화 그림에서나 볼 수 있을 만큼 기이했다. 바닥에 뒹구는 파편들을 만져보니 돌처럼 딱딱하고 표면이 까칠까칠한 진흙소금이다. 손으로 만지니 손의 온기로 인해 까칠한 염분이 녹는지 표면에 미끌미끌한 기운이 느껴진다. 건조한 기후와 바람, 태양, 그리고 어쩌다가 한번 내리는 소량의 비가 만든 조각품들이었다.

다음으로는 이 진흙소금으로 이루어진 동굴로 향했다. 이렇게 건조한 곳에도 몇십 년마다 한 번씩 폭우가 쏟아진다고 한다. 폭우가 내리면 풀 하나 자라지 않는 암염으로 된 산에서 흘러내리는 물이 삽시간에 계곡으로 모여들고 암염의 갈라진 틈새로 스며들어 소금동굴을 만들어 낸다. 동굴 안에는 사람 하나가 겨우 지나갈 정도의 좁은 구멍을 엉금엉금 기어서 통과해야 하는 곳, 반듯이 누워 미끄럼을 타듯 몸을 꿈틀대며 지나가

소금동굴

야 하는 곳, 서서 몸을 뒤틀기도 하고 때로는 수그려야 지날 수
있는 곳, 한 길 높이의 절벽을 기어 올라가야 하는 곳도 있었다.
인간의 생각을 철저히 배제하고 자연이 자신의 의지대로 설계
한 동굴 통로는 인간 육체의 수고가 수반되어야 겨우 통행할 수
있었다. 그렇게 한 30여 분을 들어가니 더 이상 인간의 육체로
는 감당하기 어려운 험난한 길이 나왔다. 더 앞으로 가지 못하

고 동굴 천장 위로 통하는 구멍을 지나 올라가니 협곡의 바닥이 나타났다. 그 계곡을 걸어서 다시 출발했던 곳으로 내려왔다.

어느덧 해는 서산으로 기울고 있었다. 서둘러 오늘의 마지막 목적지인 일몰 투어 장소, 코요테(coyote) 전망대로 이동했다. 세계 각지에서 온 많은 사람들이 황량한 사막이 내려다보이는 천 길 높이 절벽 위에서 뉘엿뉘엿 넘어가는 해를 바라다보며 일몰의 순간을 기다렸다. 사람들은 제각기 지금 무슨 생각을 하고 있을까? 같은 일몰을 바라보더라도 우리 내부 깊숙이 자리한 저마다의 마음자리에 따라 각양각색의 다른 느낌을 가질 것이다. 일몰을 바라보며 어떤 사람은 영원을, 어떤 이는 절망을, 어떤 사람은 휴식을, 어떤 이는 죽음을, 어떤 사람은 희망을, 어떤 이는 평화를, 어떤 사람은 자유를 느낄지도 모를 일이다. 황량한 사막에 마지막 붉은빛을 비추며 어둠 속으로 넘어가는 저 일몰의 참모습은 과연 어떤 것인가.

태평양으로 해가 진다는 가이드의 말을 듣고 나니 마치 우리나라의 동해로 해가 진다는 말처럼 이상하게 들린다. 그 생뚱맞은 말에 새삼 이곳이 '이국 만 리 남미 칠레'라는 인지와 타국에서 느끼는 이방인의 쓸쓸한 서글픔이 동시에 고개를 든다.

일몰을 기다리며

황무지에서 빛나는 푸른 보석들

오늘은 '7개의 소금호수' 투어가 예정되어 있는 날이다. 호텔에서 마련한 조식을 먹고 여행사 앞에서 45인승 대형버스에 탑승했다. 버스는 포장도로를 30여 분 가다가 비포장도로로 접어든다. 좌우 양쪽 시선이 닿는 끝부분에 높은 산이 솟아있고 그 산들 사이에 넓디넓은 평원이 펼쳐져 있다. 평원이지만 생명의 푸른 기운도 하나 없는 암갈색 황무지다. 그렇다고 모래가 있는 것도 아니다. 마치 호수 밑바닥에 가라앉아 있던 진흙층이 가뭄으로 말라 갈라져 조각조각 솟구친 모습처럼 암갈색의 진흙 소금 바위 조각들이 끝도 없이 펼쳐져 있는 그런 평원이다. 암갈색 평원 중간에 난 뽀얀 비포장도로를 거의 1시간 이상 달려온 듯한데 이제야 멀리 점처럼 차량이 주차된 목적지가 보인다. 바로 손에 잡힐 듯 가까운 거리 같았는데 그러고도 30~40분을

소금호수

더 가서야 그곳에 도착했다.

황량한 벌판에 화장실과 샤워실로 보이는 초라한 조립식 건물이 한 채 서 있고 그 건물 뒤편에 첫 번째 소금호수가 있다. 다양한 색채의 크고 작은 소금호수들이 약 1.5킬로미터에 걸쳐 띄엄띄엄 펼쳐져 있다. 영롱한 옥색에서부터 에메랄드색, 비취색, 사파이어색 등 파란색 계통의 색깔들이지만 미묘한 차이들이 있어 아주 다양했다. 부유물과 염분의 농도와 물의 깊이에 따라 그 색깔이 달라지는 것 같았다. 가까이에서 물속을 들여다보니 하얀 소금 결정체가 마치 바다 물밑에서 자라는 산호 바위처럼 바닥과 벽이 몽글몽글하게 보였다. 극한 지역의 호수 수면이 얼음으로 줄어들 듯 시간은 더 오래 걸리겠지만 물이 증발하고 소금이 결정함으로써 소금호수의 수면도 점점 줄어드는 것 같다. 손으로 찍어 물맛을 보았다. 혀 표면에 통증이 느껴질 정도로 소금의 농도가 상상을 뛰어넘었다.

하얀 테두리를 두른 비취색 소금호수가 드넓은 평원의 암갈색 배경 속에서 마치 커다란 보석들처럼 영롱하게 빛나고 있었다. 통로 옆에 제멋대로 솟구친 암갈색 진흙소금 바위들을 살펴보았다. 진흙소금이지만 바위처럼 딱딱하고 표면이 매우 거칠었다. 자세히 보면 기기묘묘한 모양들이 그 진흙소금 바위들에 다 들어있다. 첩첩산중 경계도, 구중궁궐도, 통천 바위도, 중국의 황산보다도 더 기이한 봉우리도, 미국의 그랜드캐니언보다

물이 말라 형성되는 소금꽃, 진흙소금벌판에 자라는 생명

더 웅장한 협곡도, 이 세상 모든 풍경이 축약되어 그 속에 모두 다 들어있는 것만 같았다. 그런데 자세히 살피다가 놀라운 광경을 봤다. 이렇게 메마르다 못해 소금기까지 많은 소금진흙 벌판에도 식물이 자라고 있었던 것이다. 녹색이 바래져 흙색으로 변했으나 분명 생명을 가진 식물이었다. 이런 악조건에도 고귀한 생명을 피워낸 걸 보니 "생명이 가는 길은 그 누구도 막을 수 없다. 아무리 단단한 바위일지라도 생명에게는 그 길을 내주어야 하기에 실낱같은 뿌리에도 바위가 쪼개진다"라는 어느 시인의 말이 떠올라 가슴이 뭉클해졌다.

어느덧 마지막 일곱 번째 호수에 다다랐다. 하얀 소금 해변과 푸른 소금호수에서 사람들은 수영복 차림으로 관광지를 즐기고 있다. 소금의 농도가 짙어 네 손발을 모두 공중에 들어 올려도 물밑으로 가라앉지 않고 물 위에 둥둥 뜬다. 40~50명 사람이 신기한 듯 호수 속에서 소금호수를 체험하느라 시끌벅적 부산하다. 물 밖으로 나온 사람들은 쉴 새 없이 불어오는 사막 바람에 소금기가 말라붙어 온몸이 이내 하얀 소금으로 뒤덮인다.

어째서 이런 소금호수들이 생겨난 것일까. 수만 년 전부터 남미 대륙판인 나스카 지각판과 태평양 지각판의 충돌과 그 지각운동으로 나스카판이 태평양판 밑으로 들어가 태평양 해저 지형을 들어 올려서 오늘날의 안데스산맥을 형성되었다는 지질학적 조산운동을 먼저 이해해야 한다. 가이드는 "그 조산운동으로 깊은 분지였던 이곳의 많은 바닷물이 바다로 돌아가지 못하고 고여 염분 호수가 되었고, 건조한 기후 때문에 오랜 세월 동안 물은 서서히 증발해 진흙을 머금은 염분이 돌처럼 딱딱하게 굳어지면서 조각조각 갈라지고 솟구쳐 거친 암갈색의 사막이 되었다"고 설명해 주었다. 가장 깊은 곳은 아직 물이 남아 소금호수가 되었다는 것이다.

하얗게 꽃피운 억새와 사막 온천

마지막 날 투어는 다소 느긋하게 출발했다. 10시에 체크아웃을 하고 배낭만 맡겨 둔 채 픽업 온 15인승 승합차를 타고 온천 계곡으로 떠났다. 완만한 고산지대를 30여 분 달리니 엄청 깊은 계곡이 보인다. 계곡 위 주차장에 차를 세우더니 "지금부터 계곡 아래까지는 걸어서 내려가야 한다"는 가이드의 안내가 따랐다. 고산평원은 사막이요, 절벽도 풀 하나 자라지 못하는 암벽인데 저 아래 계곡 밑바닥은 푸른 풀과 작은 나무들이 자라는지 계곡의 암갈색과 초록이 대비되어 더 선명하게 드러난다. 가느다란 녹색 띠가 마치 꽃뱀처럼 꾸불꾸불 이어져 밑으로 흐른다.

절벽으로 난 길을 걸어서 내려갔다. 중간쯤 내려가다 보니 길 옆에 자연석을 쌓아 조그만 공간을 만들고 내부를 하얀 칠로 깨끗하게 만든 장소가 있었다. 그 안에 성모 마리아상이 모셔져

성모 마리아상

있고 울긋불긋한 플라스틱 조화가 몇 송이 놓여 있다. 성모 마리아가 사고를 막아 준다는 믿음을 가지고 있는 가톨릭 국가에서 흔히 보이는 광경이다. 브라질에서 여행할 때도 먼지를 뒤집어쓴 채로 서 있는 도로변의 마리아상을 시골길에서 흔히 보았다. 볼 때마다 느끼는 감정이지만 어딘가 기괴스럽고 오히려 성모 마리아가 측은하다는 기분이 든다.

　비스듬히 한참을 걸어 내려가니 계곡 바닥에 다다랐다. 계곡은 상류에서 이어져 내려오는 게 아니라 작은 바위산 아래에서 시작되고 있었다. 그곳에 온천이 솟아나는 모양이었다. 계곡에는 우리나라 억새와 같은 키가 큰 풀들만이 무성했다. 계곡 바닥에는 제법 많은 물이 흐르고 있었다. 이 온천이 아니었으면 이곳에 물이라곤 찾아볼 수 없을 텐데 지상으로 분출되는 온천 물의 양이 상당히 많은 듯했다. 상류의 뜨거운 물이 솟구치는 원탕 천연 풀장은 개인 별장이 있는지 건물이 하나 서 있고 주위를 철조망으로 둘러친 채 원주민 경비원이 출입을 금하고 있었다. 울타리 안을 들여다보니 인기척은 없고 차양이 쳐진 나무 마루가 천연 풀장 옆에 만들어져 있었다. 주위에는 야외 온천장이나 해수욕장에서 볼 수 있는 하얀 플라스틱 썬베드가 나무 마루 위에 몇 개 보인다.

조금 더 내려가니 일반 고객을 위한 맞이방인 듯, 시멘트 바닥에 지붕만 이어 겨우 비가림만 해놓은 곳이 있고 옆에 탈의실로 보이는 자그마한 건물이 나온다. 몇 명의 칠레 사람들이 그곳에 앉아 옷 갈아입는 사람을 기다리는지 담소를 나누고 있다. 그 맞이방에서부터 나무판자를 깔아 만든 길이 하류로 이어진다. 원탕에서 나온 온천물이 자연적으로 고였다가 흐르는 하류의 9개 천연 풀장에서 온천욕을 즐길 수 있었다. 나도 온천욕을 즐길까 하다가 물의 온도가 뜨뜻미지근하여 그만두었다. 천연 풀장마다 대여섯 명의 사람들이 온천욕을 즐기고 있었는데 대다수가 백인들이고 안데스 원주민들은 간혹 보일 뿐이었다. 주위의 바위 절벽, 억새 수풀의 어두운 색과 백인들의 하얀 피부

천연 온천풀장

수풀에 둘러싸인 온천 계곡

색이 대조를 이루어 이색적인 풍경을 연출한다.

개울 주위에 무성하게 솟아있는 억새가 하얗게 꽃을 피웠다. 잎과 줄기뿐만 아니라 꽃도 우리나라 억새보다 3~4배는 더 크다. 그 억새와 바위들로 둘러쳐진 천연 풀장마다 사람들이 온천을 즐기고 있다. 계곡은 깊고, 물은 맑고, 하늘은 더할 나위 없이 푸르고, 바람은 서늘하고, 태양은 밝게 비춘다. 마치 시간까지도 멈춘 듯 고요하고 상쾌하다. 온천욕을 하지 않으니 시간이 많이 남아서 물이 흐르는 계곡에서만 볼 수 있는 야생초들을 감상하며 온천 계곡의 마지막 천연 풀장까지 천천히 걸어서 내려갔다.

간단한 온천 계곡 투어를 마치고 호텔로 돌아오니 오후 2시다. 배낭을 찾아 메고 도심으로 갔다. 도심의 좁은 거리에는 아직도 사람들로 붐비고 있었다. 그 많은 사람 속에서 한국인을 심심찮게 만날 수 있었는데 대부분이 볼리비아의 '우유니(Uyuni)' 소금사막에서 이리로 넘어왔다고 했다. 그중 몇몇 한국 청년들과 대화를 나눠 보니 모두가 대학을 이제 갓 졸업했다고 한다. '페루 리마 → 쿠스코 마추픽추 → 푸노 → 볼리비아 라파즈 → 우유니 소금사막 → 칠레의 아따까마 사막 → 산티아고'의 노선이 요즘 한국 청년들에게 가장 인기 있는 배낭여행 코스라고 한다.

아따까마에서의 마지막 늦은 점심을 좀 그럴싸한 것으로 먹었다. 칠레의 비싼 물가 때문에 여태까지 자제하던 소비를 과감하게 풀기로 했다. 그래서 식사에 칠레산 포도주도 한 병 곁들이기로 한다. 황량하게 메마른 풍경을 보느라 그동안 푸석푸석해진 마음에도 기름진 위로가 필요했고, 아따까마 투어가 별 탈 없이 끝난 것에 대한 조촐한 자축이기도 했다. 이제 아리까로 돌아가는 밤 버스만 타면 된다. 그동안 아따까마에서 경험했던 투어들을 가만히 되돌아보았다. '사람이 살 수 없는 이 황량한 사막의 경치를 보러 세계 각지의 사람들이 모여드는 이유는 뭘까? 이토록 황량하다 못해 비생명적이고, 비인간적이고, 비행복적인 풍경에서 사람들이 아름다움을 느끼는 이유는 뭘까? 인간의 심미안에 이렇게 잔인한 구석이 있었던가? 소크라테스는 아름다움이란 상대적 개념이며 목적에 적합하게 쓰이는 것을 아름다움으로 보았는데 과연 이 황량한 아따까마의 아름다움이 지구상에 존재하는 목적은 무엇일까? 신만이 아는 것일까?'

세 번째
여정_

아름다운
티티카카 호수와
볼리비아

만년설이 녹아 흐르는 티티카카 호수

브라질 리우(Rio) 카니발축제, 볼리비아 오루로(Oruro) 축제와 더불어 남미 3대 축제 중의 하나인 페루 푸노(Puno) 축제가 2월 둘째 주에 개최된다는 소식을 들었다. 3월 중순까지는 방학 기간이라 이곳 모케과를 떠나서 푸노 축제도 보고 티티카카(Titicaca) 호수 투어와 볼리비아 코파카바나(Copacabana), 그리고 라파즈(Lapaz), 우유니 사막까지 둘러보고 오는 1주간의 여행을 계획했다. 하지만 예상치 못한 아내의 식중독으로 출발을 한 주 연기해야만 했다. 비록 1년에 한 번 열리는 축제를 보지 못하는 아쉬움이 컸으나 무엇보다 건강이 가장 중요하기에 아내의 몸이 완치될 때까지 기다려 2월 중순쯤 푸노를 향해 출발했다.

　아침 8시에 푸노로 가는 꼼비를 타고 인근에 있는 또라따(Torata) 마을을 지나자 차는 급속히 고도를 올라간다. 몇 달 전에도 똑같은 길을 지나간 경험이 있었는데, 풍경은 영 딴판이었다. 그때는 모든 산이 회백색 황무지였는데 지금은 마치 녹색 물감을 묽게 풀어 한 번 쓱 칠한 듯 녹색의 기운이 미묘하게 느껴진다. 고도가 높아질수록 점점 녹색의 기운이 짙어지다가 해발 2,500미터 이상이 되자 새파란 풀이 짙게 덮인 푸른 산등성이가 눈앞에 전개된다. 마치 우리나라의 산들을 보고 있는 듯하다.

푸노까지는 자동차로 4시간 정도 걸리는 거리인데, 어느덧 절반쯤 달려온 것 같았다. 칠리구아(Chiligua, 4,200미터)까지는 와 본 경험이 있고, 이제부터는 난생처음 가는 길이 펼쳐졌다. 태평양 연안에서 급하게 치솟은 해발 3,500미터 이상의 안데스 고원지대가 전개되었다. 모케과주와 푸노주의 경계지점에 있는 띠띠레(Titire) 마을에서 잠시 쉬었다가 완만한 고산 구릉 지대의 길을 꼬불꼬불 다시 달린다. 이곳은 해변 지역과 다르게 비가 자주 오는 듯 보였다. 산이 푸르고 곳곳에 하천도 흐르고 있었다. 하지만 나무라고는 눈을 씻고 찾아봐도 없다. 4,000미터 이상의 높은 고도 때문에 커다란 나무는 생육이 어렵고 풀과 작은 관목들만 자라고 있었다. 모케과와는 달리 하천들이 많았는데, 산 정상에 있던 만년설이 녹아 작은 개울로 졸졸 흐르다가 하나 둘 모여 티티카카 호수로 흘러 들어가고 있는 것 같았다. 넓은 평원이 있는데도 불구하고 경작지는 그리 많지 않았다. 저녁이 되면서부터 급격히 떨어지는 기온은 식물의 성장에 도움이 되지 않기 때문이다.

　이런저런 주위의 낯선 풍경을 바라보고 있는데 산모퉁이 하나를 돌아서자 갑자기 시야가 확 트이며 저 멀리 티티카카 호수가 마치 바다처럼 넓게 펼쳐진다. 또 서북쪽의 완만한 산비탈에 호수를 바라보며 비스듬히 시가지를 형성한 푸노시의 전경도 왼쪽에 펼쳐진다. 푸노는 내가 사는 모케과보다 훨씬 규모가 큰 도시였다. 1688년에 형성된 티티카카 호수의 거점도시로 인근의 농촌 마을에서부터 더 좋은 자녀교육과 일자리를 위해 사람들이 모여들어 어느새 인구 15만 명에 이르는 페루 남쪽 고원의 중심도시가 되었다. 지금은 페루와 볼리비아의 국제무역 중계로 증기 화물선이 볼리비아의 항구 '과키(Guaqui)'까지 연결되는 국제무역항의 역할 뿐만 아니라 티티카카 호수의 관광자원과 매년 열리는 '칸델라리아 성모 축제'를 연계한 관광 도시로 거듭나고 있다. 시가지 모습이 활기차 보여서 빠르게 성장하는 도시라는 느낌을 준다.

　택시를 타고 예약해 둔 호텔에 도착해 짐을 풀고 싸 온 김밥으로 점심을 해결했다. 며칠 뒤 볼리비아로 들어가기 위해 인터넷으로 신청한 관광 비자를 미리 발급받아야 해서 식사를 마치자마자 영사관으로 향했다. 인근 국가인 페루나 칠레와는 달리 볼리비아는 관광 무비자제도가 없다. 자칫 잘못하면 비자 때문에 여행을 망칠 수도 있어서 주의해야 한다. 돌아오는 길에는

맑은 티티카카 호수

도심에서 내려 시내 관광을 즐겼다. 축제 뒤끝이라 그런지 시가지가 다소 들떠 있는 느낌이었다.

내일은 배를 타고 '우로스와 타낄레' 섬 투어를 해야 하기에 미리 배 타는 곳을 알아두자 싶어 선착장을 물어물어 찾아갔다. 부두 선착장까지 가는 길목에는 기념품을 파는 가게들이 군락을 이루며 들어서 있다. 알파카나 야마의 털실로 짠 안데스 고원지대의 특유 문양이 알록달록 들어있는 화려한 색깔의 모직물들과 희귀 광물과 금속으로 만든 여러 종류의 액세서리들이 눈에 많이 띈다.

선착장은 관광객을 실어 나르는 유람선들로 붐비고 있었다. 호수 한쪽을 둑으로 막아 작은 연못을 만들고 그곳에서 우리나라 유원지처럼 발로 밟아 움직이는 보트 놀이도 할 수 있게 꾸며 놓았다. 아내와 나는 연애 시절을 떠올리며 보트를 탔다. 신나게 페달을 밟으며 이리저리 다녀 보기도 하고 사진도 찍었다. 이국 만 리 페루, 그것도 3,800미터 고지에 있는 티티카카 호수에서 보트 놀이를 할 줄이야. 1년 전까지만 해도 상상할 수 없었던 일을 경험하고 있다. 삶이란, 한 치 앞도 내다볼 수 없는 짙은 안개 속을 항해하는 것과 같다는 말이 실감 난다. 즐거운 보트 놀이 후 출출한 배를 달래기 위해 부둣가에 늘어 서 있는 '뚜루차(turucha, 민물송어 튀김)' 전문 식당을 찾았다. 손님이 가장 많이 북적대는 식당을 골라 들어갔다. 처음 먹었을 때보다 쫀득

푸노의 선물가게

과일가게

쫀득한 맛이 덜했으나 그런대로 먹을만했다. 소주 생각이 간절했지만, 아쉬운 대로 페루 맥주 한 잔으로 헛헛함을 위로했다.

호텔로 돌아와 내일 섬 투어를 예약하고 잠자리에 들었다. 밤 기온은 낮에 비해 현저히 내려갔다. 우리나라에 비유하면 한여름의 낮 기온과 초겨울의 밤 기온이 공존하는 계절이랄까. 3,800미터의 고도가 피부로 느껴지는 밤이다.

갈대로 만든 우로스 섬

이튿날 선착장은 섬 투어를 가려는 관광객들로 이른 아침부터 붐빈다. 물빛 맑은 호수가 푸른 하늘과 흰 구름을 넉넉히 담고서 넘실거리고 우리나라 가을 햇볕처럼 깨끗한 볕살이 싱그러운 수면 위에 가득히 내려앉았다. 상쾌한 바람이 만든 물비늘은 곳곳에 윤슬을 만들어 보석처럼 반짝였다. 이렇게 높은 곳에 바다처럼 넓은 담수호가 있다는 게 신기할 따름이다. '티티카카'의 '티티(titi)'는 '퓨마(puma)', '카카(caca)'는 돌을 지칭해 '퓨마의 바위' 혹은 '퓨마 색깔의 바위'라는 의미였으나 요즘은 이 호수를 양분하고 있는 두 나라, 즉 '티티'는 페루, '카카'는 볼리비아를 뜻한다며 가이드가 우스갯소리를 한다.

티티카카 호수에는 크고 작은 40여 개의 섬이 있지만 푸노에서 관광객이 갈 수 있는 섬은 3개가 전부였다. 푸노에서 동쪽으

푸노 시가지

로 7킬로미터 남짓 떨어져 있는 우로스(Uros) 섬, 45킬로미터 정
도 떨어져 있는 타낄레(Taquile) 섬과 60여 킬로미터 떨어져 있는
아만따니(Amantani) 섬이다. 투어 상품으로는 1박 2일, 2박 3일
등 여러 옵션이 있지만 우로스에 들렀다가 타낄레에서 점심을
먹고 섬 일부를 종단하는 당일 투어가 가장 적당할 것 같았다.
60~70명이 탈 수 있는 유람선에서 뒤돌아 바라보니 떠오르는
해를 바라보며 펼쳐져 있는 푸노 시가지가 한눈에 들어온다. 상

당히 높은 곳에서부터 집들이 빽빽이 들어차 있어 마치 우리나라 60년대의 부산 풍경을 바라보는 것 같았다.

20분 정도 가다 보니 물 위로 솟아 난 갈대밭이 드문드문 보인다. 갈대밭 사이로 난 수로 같은 물길을 10분 정도 더 가서 우로스 섬에 도착했다. 언제부터인지 그 기원을 알 수는 없지만 '코야(Colla)'족의 공격을 피해 '우루(Uru)'족들이 호수 위에 인공섬을 만들고 자기들만의 고유한 언어를 가지고 살았으며 인근 육지에 살던 '아이마라(Aimara)'어족들과 혈연관계를 맺으며 가까이 지냈다고 한다. 그런데 500여 년 전 잉카의 전성시대에 잉카의 공격을 피해 아이마라어족의 일부가 대규모 이주해오며 아이마라어족과 융화되는 과정에서 우루족들은 자연히 그들의 언어를 버리고 아이마라어를 사용하게 되었단다. 그래서 섬 주민은 아이마라어족의 한 부류인 우루족이라고 보면 된다.

또한 이 섬에서 자라는 '토토라' 갈대는 우리나라의 갈대와는 사뭇 다르다. 물에서 토토라를 뽑아보면 뿌리 쪽은 비교적 연한 흰색이고 위로 갈수록 짙은 녹색으로 억세고 질기다. 뿌리 쪽 흰 부분을 그들은 '츄요(chullo)'라고 부르는데, 삶아서 주식으로 먹기도 하고 상비약으로도 사용한다. 상처가 나면 얇게 잘라 상처 부위에 싸잡아 매면 덧나지 않고 잘 낫는다고 한다. 츄요에는 요오드 성분이 다량 함유되어 있어 항균 작용도 하고 이것을 많이 먹는 우루족은 갑상선 종양이 없다고 알려져 있다. 갈대의

갈대로 만든 바루사

2~3미터 길이의 위쪽 녹색 부분은 햇볕에 말려서 각종 생활 도
구와 기념품을 만들고, 단으로 단단히 묶어 정육면체로 만든 후
여러 개를 겹쳐 이어서 섬을 만든다고 한다. 특히 관광객들이
많이 밟고 다니는 이곳 갈대섬은 3개월이 지나면 침수되어 물
이 배어 나오기에 지금도 수시로 마른 '토토라' 단으로 섬을 보
수해야 한단다. 섬을 만드는 것 외에도 주택과 침대와 온갖 생

활 도구들, 관광객들에게 파는 수공예품을 만들고 심지어 '바루사(barusa)'라는 뗏목 배를 만들어 섬을 오가는 교통수단으로도 사용했다고 한다.

토토라로 만든 섬의 크기는 다양하지만 보통 섬 하나의 넓이가 30미터×10미터로 여기에 3~4가정들이 모여 생활한다고 한다. 2012년까지만 해도 40여 개의 섬이 있었지만 지금은 관광 붐을 타고 90여 개의 섬으로 늘었다고 한다. '카피탈(capital)'이라는 비교적 넓은 중심 섬이 있고 그 섬의 좌우로 섬들이 이어져 있다. 그리고 커다란 수로처럼 다소 떨어진 곳에 섬을 이어 놓아 몇 줄의 섬들이 서로 마주 보고 늘어져 있는 모양이다. 중심 섬에는 외부 침입을 감시하는 망루가 있으며, 주민들의 모임 장소인 회당, 상점과 식당, 아이들의 학교가 있다. 아이들 교육은 고등학교까지 우로스에서 다니다가 대학에 진학할 때는 푸노에 있는 학교로 유학을 간다고 한다. 원래 우루족들은 호수의 물고기를 잡아 육지의 감자와 옥수수로 교환해서 생활했으나 지금은 대다수가 관광수익으로 살아가고 있다. 2000년까지만 해도 우로스 섬 주민들 모두가 섬에서 먹고 자며 생활했으나 1990년부터 2000년까지 정권을 잡았던 일본계 대통령 '후지모리(Fujimori)'가 육지에 이들의 주거지를 마련해 주어 지금은 많은 사람이 육지에서 출퇴근한단다.

이윽고 가이드의 안내로 한 섬에 상륙했다. 내려 바닥을 밟아

물에 떠있는 우로스 섬

우로스 섬의 기념품 판매대

보니 짚을 두껍게 깔아서 펼쳐 놓은 타작마당처럼 푹신푹신하
다. 붉고 푸른 원색의 옷을 입은 아낙네들이 반갑게 관광객들을
맞이해준다. 마른 갈대 단으로 된 긴 의자에 관광객들을 앉혀
놓고 가이드의 설명과 함께 섬 주민 아낙네와 아이들이 토토라

로 집과 생활 도구들을 만드는 방법을 시연해준다. 바닥에는 온갖 장신구와 작은 천으로 된 선물들, 토토라로 만든 모형 배와 장식품들을 팔고 있다. 뒤이어 그들의 주거공간을 둘러보았다. 벽과 지붕, 침대까지도 토토라 갈대단으로 만들어져 있다. 바닥이 온통 마른 갈대단으로 되어 있어 불 피우는 게 궁금했는데 널따란 돌들을 이어 바닥 위에 깔고 그 위에 조그마한 냄비와 같은 솥을 걸어 놓는 가장 쉽고도 소박한 방법을 사용하고 있었다. "이곳은 해발 4,000미터 가까이 되는 고지대라 6~7월에는 상당히 추울 텐데 난방은 어떻게 하는가" 물었더니 우루족들은 피가 붉은색이 아니라 검은색이라서 추위를 타지 않는다고 자랑스러운 듯이 대답한다. 그래서 불은 취사할 때만 피운다고 했다. 지금은 간단한 태양광 발전으로 불도 밝히고 라디오도 듣는단다. 돈을 조금 주고 수상택시인 '바루사' 갈대 뗏목도 타 보았다. 마른 갈대단으로 촘촘히 엮어 만든 배 2개를 묶어 2층까지 만든 커다란 배였다.

10시쯤 우로스 섬 관광을 마치고 섬 주민들의 아쉬운 듯한 작별인사를 받으며 다시 유람선으로 갈아타고 타낄레 섬으로 향했다.

평생 손뜨개질을 하는 남자들

타낄레 섬에는 약 2,200여 명의 주민들이 거주하고 있다고 한다. 그들은 잉카제국의 '케추아(Quechua)'어족으로 "훔치지 말고, 거짓말하지 말고, 게으름을 피우지 말라"라는 잉카제국의 도덕률을 생활규칙으로 지키며 공동생산 경제 체제를 채택해 살고 있다. 주로 농사를 지으며 살고, 남자들의 손뜨개질이 2005년에 유네스코 무형문화재로 등록되어 뜨개질 제품이 유명하다. 양이나 알파카, 야마 등의 털로 실을 만들고 그 실을 천연 염색하는 작업은 여자들의 몫이고 뜨개질은 남자들의 역할이라고 한다. 남자들은 8살만 되면 아버지에게 뜨개질을 배워야 하고 평생 뜨개질을 하며 살아가야 한단다. 기념품 파는 가게의 총각도, 양치는 중년 아저씨도, 길가에서 앉아서 액세서리를 파는 나이 많은 남자도 모두 뜨개질을 하면서 자기 일을 하고 있다.

길옆에 쪼그리고 앉아서 뜨개질을 하는 할아버지를 만나 사진을 함께 찍으며 나이를 물었더니 84세라고 한다.

　길 주위의 계단식 밭이 마치 할아버지의 얼굴 주름처럼 층층이 들어서 있고 흙벽돌 벽에 양철로 지붕을 이은 집들이 드문드문 보인다. 밭에는 감자, 마늘, 양파 등의 작물들이 보이고, 이 섬에는 그래도 비가 자주 오는지 푸른 풀들이 밭둑과 묵밭을 덮었으며 커다란 나무들이 군락을 이루어 군데군데 서 있다. 중턱까지 가파르게 오르니 마을이 나타나고 그 중앙에 아르마스 광장이 있다. 안데스 고원지대 마을에서 흔히 볼 수 있는 사각 모임광장 마당을 중앙에 두고 주위에 건물이 들어서 있는 형태의 아르마스 광장이다. 바다로 향한 면에는 건물이 없어 바다가 한눈에 들어온다. 한쪽 면에는 성당과 종탑이 서 있고 나머지는 2층으로 된 전망대와 주민 회합 장소인 회당, 식당과 상점 그리고 기념품 가게들이 들어서 있다.

　점심 식사를 위해 가이드를 따라나섰다. 주민이 직접 자신의 집에서 관광객들을 대상으로 운영하는 식당이었다. 마당에 긴 차양이 쳐 있고 그 아래 알록달록한 페루 전통 문양의 식탁보를 깐 긴 식탁이 마련되어 있었다. 그곳에서 티낄레의 전통 음식인 송어튀김과 감자를 먹었다. 점심을 먹고 나서 산등성이로 난 약 2킬로미터 남짓한 오솔길을 걸었다. 맑은 공기와 햇볕, 주위를 가득히 채우는 푸른 호수의 수면, 저 멀리 볼리비아 쪽으로 보

타낄레 섬 풍경

타낄레 마을 입구

이는 흰 만년설을 머리에 두른 안데스의 고봉들과 가끔 양치는 소녀들이 양을 몰고 지나가면 산들바람이 불어오는 더없이 평화롭고 아늑한 풍경이다. 섬을 비스듬히 가로질러 도착한 항구의 반대쪽에 자리한 자그마한 항구에서 푸노로 돌아가는 유람선을 탔다.

푸노에 도착하니 늦은 오후 시간이 남는다. 여행자에게는 남는 시간은 다 쓰지 않으면 버려야 하는 연료처럼 아까운 법이다. 연료가 남아 있으니 새로움을 찾아 어디든 가야 한다. 여기도 스페인 사람들이 세운 도시이니까 전망대인 '미라도르(miardor)'가 있지 않겠는가. 행인에게 미라도르가 어디에 있는지 물었더니 푸노에는 2개의 미라도르가 있다고 한다. 안데스 고원지대의 상징적인 두 동물의 이름을 따 콘도르와 퓨마 전망대였다. 비교적 낮은 곳에는 콘도르, 높은 곳에는 퓨마 모형이 있는 전망대가 있다고 한다. 나는 높은 퓨마 모형 전망대를 가 보기로 했다. 전망대 구경시간 30분을 기다려 주는 조건으로 왕복으로 탈 택시를 불렀다. 전망대에는 호수를 멀리 바라보며 두 발을 바위 위에 올리고 포효하는 거대한 퓨마 동상이 있었으며 퓨마의 앞발이 위치된 곳에 전망대가 설치되어 있어 그 전망대 끝에서 도시를 바라볼 수 있었다. 높은 전망대에서 바라보니 도시의 모습은 마치 거대한 군대가 비스듬한 언덕 사면을 지나 학익진을 펼치며 검푸른 호수를 향해 진군하고 있는 것 같다.

퓨마 전망대에서 바라본 푸노 시가지

푸노의 야경

퓨마 전망대 구경을 마치고 나서는 시내 중심지역에 있는 시장에 가 보았다. 해거름 때인지라 퇴근하는 사람들이 들러 시장을 보는지 상당히 붐볐다. 모케과보다 규모가 더 큰 도시인데도 과일들이 풍성하지 못하다. 아무래도 고산지대라 낮은 기온과 적은 일조량 때문에 과일이 잘 재배되지 않는 모양이었다. 간식으로 먹을 멜론, 바나나 그리고 치리모야(chirimolla, 열대 과일의 일종)를 샀다. 저녁 식사를 하기 위해 호텔에서 알려 준 식당 거리를 서성거리다 창문에 다른 몇 나라의 국기와 함께 태극기를 걸어 놓은 식당이 보여 망설임 없이 들어갔다. 해외에 오면 모두가 애국자가 된다고 하더니 태극기를 보니 반갑다 못해 가슴이 뭉클해진다. 그릴에 구운 돼지고기와 샐러드를 시켜 먹었는데 의외로 맛이 좋았다. 애국심은 입맛도 돋우는가 보다.

호텔로 돌아와 먹기 쉬운 바나나와 치리모야는 내일 아침을 위해 남겨 놓고 과도를 빌려 멜론을 깎아 먹었다. 껍질이 그물망 무늬인 머스크멜론은 속이 주황색이고 과즙이나 단맛도 적었다. 반면에 표면이 희고 매끈한 멜론은 속은 녹색이지만 과즙이 많고 더 달다. 페루 과일에 나름대로 일가견이 형성되는 것을 보니 나의 이국 생활 연륜도 차츰 그 더께를 더해 가는 듯하다.

아늑한 호반도시, 코파카바나

해발 3,900미터 고원 도시의 아침은 대단히 빠르게 시작되는 것 같다. 아침 공기의 싸늘함을 온몸으로 느끼면서 볼리비아 티티카카 호수의 호반도시 코파카바나(Copacabana)를 향해 페루의 푸노를 출발했다. 이른 아침이지만 차창에 비치는 거리의 모습은 다소 부산하다. 도시의 바쁜 아침 분위기를 모처럼 느낄 수 있었다. 볼리비아 국경에 도달하기 전 버스가 환전소 앞에 머문다. 미화 '달러'나 페루 화폐 '솔'을 볼리비아 '볼'로 환전하란다. 돈의 가치가 그 나라 경제력과 비례한다는 사실을 다시 한번 확인했다. 볼리비아 경제력은 페루의 경제력에 절반 정도인 것 같다. 드디어 국경의 검문소에 도착했다. 페루 출국 도장을 찍고 야트막한 언덕을 걸어서 넘어가니 마찬가지로 초라한 볼리비아 국경검문소가 나온다. "볼리비아 검문소에서는 의도적으로 입국 도장을 누락시켜 출국 때 100달러의 벌금을 물리게 하는 일이 빈번하니 볼리비아 입국 시 날인을 꼭 확인하라"는 한국 대사관 영사의 말이 생각나서 긴장 속에 입국 도장을 받고 버스에 올랐다.

볼리비아는 페루와 떼어서 생각할 수 없는 나라다. 과거 스페인 식민지 시절 볼리비아는 'Upper Peru' 혹은 스페인어식 표기로는 'Peru Alto', 즉 '높은 페루'라고 불리던 지역이다. 스페인의 신대륙 식민지 통치 역사를 보면 제일 먼저 발견한 멕시코를 제2의 스페인으로 여겨 가장 중요시했다. 그리고 다음으로 페루를 중요하게 여겼던 것 같다. 스페인 국왕 카를로스 1세는 1542년 페루 리마에 부왕청을 설치하고 남미의 전 식민지 지역을 리마 부왕청에서 관리하도록 했다. 1717년 남미의 북부지역인 '파나마, 에콰도르, 콜롬비아, 베네수엘라'를 아우르는 '뉴 그라나다(New Granada)' 부왕청을 새로이 설치하기 전까지 약 170년 이상 동안 페루의 리마 부왕청이 남미 스페인식민지 전역을 통할했다. 게다가 볼리비아 포토시에서 1545년 은광 맥이 발견되었고 볼리비아는 스페인 왕정의 소중한 금고가 되어 무적함대를 만들고 세계의 식민지 경영에 주도권을 잡는 든든한 자금줄이 되었다고 사가들은 판단한다. 1650년에 포토시의 인구가 16만 명에 달해 그 당시 중국의 도시를 제외한 서반구에서 제일 인구가 많은 도시였다고 하니 광산 경기가 얼마나 좋았는지 가히 짐작이 간다. 이 시기가 페루 식민지 정부의 전성기 시절이었다. 페루의 스페인 후예 백인, 끄리오요들이 다른 지역 백인들보다 콧대가 높고 더 권위적인 어투를 구사하는 것에도 다 이런 이유가 내재하고 있었다.

국경을 지나서 30분도 채 가지 않아 고개를 넘어서니 코파카바나 도시가 나온다. 티티카카 호수 변에 자리한 자그마한 호반 도시다. 양쪽 옆에 커다란 산이 솟아 있어 훨씬 더 아늑한 느낌을 주는 시가지 구성이다.

브라질 리우에 있는 유명한 해변 이름과 같아 그 기원이 브라질에 있는지 궁금했는데, 고대 안데스 지역의 신화에 나오는 풍요의 여신인 꼬따까와나(Kotacawana)에서 유래되었다고 한다. 스페인 사람들은 원주민들의 가톨릭 개종을 위해 '꼬따까와나' 신전을 허물고 그 자리에 현재의 '바실리카(basilica)' 성당을 건립했는데 그 성당에 비치된 목조 마리아상은 '코파카바나의 성녀'로 식민지 시절부터 '치유의 성녀'로 아주 유명했다고 한다. 인근 볼리비아는 물론 페루의 푸노뿐만 아니라 아르헨티나 북부 지역과 파라과이 그리고 칠레의 북부지역에서도 가톨릭 신자들이 순례를 올 정도로 수많은 치유의 기적을 낳기도 한 유명한 성녀라고 한다.

잉카제국의 전성기 시절 이곳 코파카바나는 잉카제국의 코야(남쪽) 수요, 즉 볼리비아 공략을 위한 거점기지였다고 한다. 하

코파카바나 해안

바실리카 성당

지만 잉카인들이 이곳을 점령한 이래로 코파카바나에서는 잉카의 캐추아어 민족과 원래 그곳에 살던 아이마라어 민족 간의 종교적인 갈등이 극에 달해 있었다고 했다. 잉카제국은 주위 나라를 정복해 나갈 때 정치, 경제, 행정만 통제하고 종교를 그대로 허용했던 것 같다. 그래서 피정복지의 아이마라어족들은 종교적인 행사를 앞세워 자신들의 불만을 표출해 자연히 종교적인 갈등이 일어났을 것으로 생각된다. 서로가 믿는 신을 앞세워 충돌하는 일도 다반사요, 서로의 신전을 몰래 훼손하기도 하고 폭력적인 충돌도 서슴지 않았기에 잉카제국 관리들도 골머리를 잃었다고 한다. 1534년에 스페인 군대가 이곳을 점령하고 식민지배가 시작되었을 때 스페인 정복자들은 '두 민족 간의 갈등 완화, 원주민들의 가톨릭 개종'이라는 두 가지 목적을 동시에 해결하기 위해 코파카바나의 성녀를 만들었다는 분석도 있다.

잉카제국의 마지막 저항 군주 '망고 카팍(Mango capac)'의 손자가 볼리비아의 현 수도인 라파즈에 갔다가 그곳 스페인 성당에서 동정녀 마리아 조각상을 보고 너무 깊은 감명을 받아 자기가 직접 나무로 마리아상을 조각하고 싶어 했다. 여러 차례의 실패에도 불구하고 계속 노력한 결과 마침내 그럴싸한 조각상을 완성하기에 이른다. 그것을 성당에 안치하고 마을의 수호여신으로 경배를 했더니 수많은 기적이 일어났다는 것이다. 하지만 그 마리아상을 자세히 보면 얼굴의 모습과 자세 등은 마리아를 닮았으나 옷과 장식은 케추아어를 사용하는 종족들이 숭배하는 대지의 여신인 '파차마마(Pachamama)'와 흡사하다는 점이 강제로 조각상을 만들게 했다는 설을 뒷받침해주고 있다. 마지막까지 저항하면서 스페인 정복자들을 괴롭히던 '망고 카팍'의 손자에게 가톨릭 신앙의 상징인 마리아상을 직접 조각하게 하고 그 마리아상으로 인해 온갖 기적이 일어난다는 것을 보여주는 일보다 주민들을 가톨릭으로 이끄는 더 좋은 사건을 찾아보기가 힘들었을 것이다. 이 일련의 사건들은 갈등을 겪는 두 부족, 케추아어족과 아이마라어족뿐만 아니라 스페인에서 이주한 백인에

잉카의 시조 망코 카팍의 동상

게도 시사해 주는 바가 컸으리라 추측해 볼 수 있다.

호텔 체크인을 하고 서둘러 오후 1시에 떠나는 '태양의 섬' 투어를 예약했다. 섬에서 하루이틀 묵는 투어 상품도 있었지만, 우유니까지 가야 할 먼 여정이 아직 남아 있기에 한나절 투어로 간단하게 다녀오기로 했다. 점심을 단촐하게 때우고 선착장에서 '태양의 섬'으로 가는 유람선을 기다린다. 호수 면을 스치며 불어오는 바람이 무척이나 시원하다.

태양의 섬

태양은 인간 생활에 가장 지대한 영향을 미치는 자연물 중 하나여서인지 세계 곳곳에 태양을 숭배하는 종교를 가진 민족들이 많이 있다. 하지만 잉카인들만큼 태양에 대한 숭배가 각별한 민족도 없는 것 같다. 태양은 잉카인들에게 절대 에너지, 즉 힘의 원천이었다. 남반구 겨울인 6~8월에 해발 3,000미터 이상인 안데스 고원지대에서 밤을 지새워 본 사람은 알게 될 것이다. 밤이 얼마나 춥고 또 태양의 위력이 얼마나 지대한지를 말이다. 일출 직전 기온과 일출 후 한두 시간이 지난 시점의 기온 차이가 무려 10도가 넘는다. 일몰 때도 마찬가지의 현상이 일어난다. 그래서 해발 3,400미터에 자리한 쿠스코를 근원지로 해서 사방으로 뻗어 나갔던 잉카인들의 태양숭배 사상은 특별했다. 그들은 자신들 스스로 '태양의 후예'라고 여기며 그들의 시조인

태양의 섬

망코 카팍(Mangco Capac, 마지막 저항 군주 '망고 카팍'과 다름)이 태양의
아들이라고 믿었다. '태양의 섬'은 잉카제국이 티티카카 호수를
지배하기 이전부터 이곳 원주민인 아이마라어족들에게 태양이
태어난 신성한 곳이라 여겨졌다. 그들의 전설에 의하면 '오랫동
안 태양을 잃어버려 어둠 속에서 혼란과 상심에 젖어있던 아이
마라어족들이 태양의 섬 꼭대기의 어느 바위 틈새에서 새로운

태양이 태어나 세상을 비추기 시작하는 것을 목격했다'고 한다. 그 바위의 이름은 'Titi-Qala'로 '퓨마의 바위' 혹은 '퓨마색(회색)의 바위'라는 의미인데, 이는 티티카카 호수의 이름과 그 유래를 함께하고 있다.

점심을 간단히 해결하고 코파카바나 선착장에서 '태양의 섬'으로 가는 유람선을 탔다. 유람선은 60~70명 정도가 탈 수 있었고 모두가 외국인 관광객이었다. 호수 중간쯤 다다르자 태양의 섬 방문을 더 극적으로 연출하려는 하늘의 뜻인가, 맑았던 하늘이 갑자기 컴컴해지고 호수의 수면이 시커멓게 변하더니 세찬 비가 내리기 시작한다. 한 치의 앞도 분간할 수 없을 정도로 빗줄기가 거세진다. 너무 비가 세차게 내리니 배가 잠시 운항을 중단했다. 낡은 유람선은 천장 곳곳에 빗물이 새고 사방을 둘러보아도 캄캄한 암흑뿐이다. 이대로 배가 침몰하지나 않을까 덜컥 겁이 났다. 하지만 걱정도 잠시, 다시 빗줄기가 약해지더니 태양의 섬에 다다를 때쯤에는 비가 완전히 멈추었다. 언제 그랬냐는 듯이 시치미를 뚝 떼는 날씨 덕분에 아주 상쾌한 기분으로 태양의 섬을 방문할 수 있었다. 태양의 섬은 70제곱킬로미터의 넓이로 주민 대다수가 농업과 고기잡이로 생업을 유지하고 있으나 요즘은 관광 수입 의존도가 점점 더 커가고 있다고 한다. 약 800가구의 사람들이 섬 전역에 흩어져 살고 있으나 남쪽에 있는 '유마니(Uymani)' 항구와 북쪽의 '차야팜파

유마니 선착장

(Challapampa)' 마을에 가장 많은 사람이 살고 있다고 한다.

유람선이 유마니 항구에 도착했다. '태양의 섬' 자연환경은 급경사의 바위 지형에 해변 가까운 곳에는 커다란 유칼립투스 나무들이 울창하게 자라고 있고 중턱 이상은 나무 하나 없는 암석 지형 사이사이에 계단식 밭들이 이어져 있다. 선착장에 내리자마자 잉카의 시조 망코 카팍의 거대한 동상이 눈에 들어온다. 그 동상 아래에는 쌓은 돌을 뚫어 만든 3개의 구멍에서 물이 나오고 사람이 서서 샤워할 수 있는 높이와 공간이 마련되어 있는 '잉카의 샘'이 있다. 태양의 신전에서 제사를 지낼 때 몸을 정화하는 일과 관련이 있는 듯하다. 동상 옆으로는 '잉카의 계단'이라고 불리는 돌계단이 급경사를 이루며 섬의 꼭대기를 향해 까마득하게 올라간다. 잉카 계단을 따라 한참을 오르다 중도에 포기하고 그 주위에 있는 거대한 유칼립투스 나무들 사이에 있는 집들을 둘러보고 다시 내려가기로 했다. 섬에서 숙박하지 않고 당일 투어를 선택한 관광객들에게 주어진 시간은 1시간이었다. 너무 급경사의 길이라 1시간 안에 반대편을 조망할 수 있는 정상까지 올랐다가 다시 내려오기가 너무 빠듯할 것 같았다.

다시 해변으로 내려오니 음료와 간단한 간식거리를 파는 집이 나온다. 멀고도 먼 동양의 한국에서 볼리비아 '태양의 섬'에 온 것을 서로 축하하며 느긋이 캔 맥주 하나씩을 사서 마셨다. 물론 마시기 전에 이 섬의 주인인 망코 카팍에게 입도 신고식으로 땅에다 한 모금의 맥주를 뿌려 주는 것도 잊지 않았다. 페루와 볼리비아 원주민들도 야외에서 음식이나 술을 먹을 때 자연의 신들에게 음식이나 술을 뿌리는 관습이 있다. 특히 잉카인들이 야외에서 제사를 지낼 때 이 풍습을 중요하게 여겼다고 한다. 이것이 우리나라의 '고수레'와도 너무도 흡사해서 이들이 아주 옛날 베링해가 붙어 있을 때 아시아에서 건너온 민족이라는 증거라고 주장하는 사람도 있다. 소나기가 씻어낸 깨끗한 섬 풍경과 수면에 잔잔한 물비늘을 일으키며 불어오는 선선한 바람의 상쾌함 때문에 태양의 섬에서 마시는 맥주 맛은 무척이나 좋았다.

어느새 시간이 다 되어 돌아가는 유람선을 타고 다시 코파카바나 항구로 돌아왔다. 다음 날 오후에 떠나는 라파즈행 버스를 예약하고 호텔 프런트의 추천을 받아 찾아간 식당은 기대를 저버리지 않았다. 저녁 식사로 돼지고기를 시켰는데 아주 맛있게 먹었다. 어느 사이 벌써 어둠이 내리고 백열등 불빛이 거리를 황색으로 물들인다. 호텔로 돌아오는 길목에 즐비하게 늘어서 있는 선물가게들을 들러보았다. 모든 상품이 페루의 푸노보다 좀 더 저렴한 것처럼 보였다.

내일 가게 될 라파즈는 또 어떤 모습의 도시일까. 내일이 궁금해진다.

"여보, 이 스카프 A에게 잘 어울릴 것 같지, 그치?"

그 곁에서 아내는 고국의 친구들에게 줄 선물들을 고르느라 정신이 없다. 해발 3,500미터가 넘는 볼리비아의 호반도시 코파카바나의 낯선 밤은 싸늘하게 깊어 가는데 아내의 마음은 한국의 친구들에게로 달려가고 나의 마음은 내일 가야 할 라파즈로 달려가고 있었다.

죽음의 모퉁이에서 얻은 평화의 땅

새벽 일찍 명상할 때부터 바깥에서 도란도란 무언가 속삭이는 소리가 희미하게 들리더니 아침부터 부슬부슬 비가 내리고 있었다. 창문을 열어 보니 엷은 비안개가 티티카카 호수 위로 낮게 드리워져 있고 비에 젖은 앞산 풍경은 무슨 할 말이라도 있는 듯 더 진지한 표정을 지으며 성큼 다가선다. 여행길에서 만나는 비는 항시 서글픔이라는 거북한 짐을 나그네의 어깨 위에 올려놓는다. 하지만 일찌감치 아침을 먹고 체크아웃을 했다. 배낭과 가방을 호텔 로비에 맡기고 서둘러 호텔을 나선다. 라파즈행 버스 시간은 오후 1시 30분이지만 비가 온다고 해서 오전 시간을 호텔에서 죽치고 마냥 기다릴 수는 없는 노릇이다. '내가 언제 여기 다시 올 기회가 있을까, 한 곳이라도 더 눈에 담아 두어야 하지 않을까?' 이역만리를 여행하는 사람에게는 자투리

시간도 무척 아까운 법이다.

시내 중심부 광장에서 대기하고 있던 택시 중 하나를 골라잡 았다. 서툰 스페인어와 만국 공통어인 몸짓언어로 호텔 로비에 서 사진으로 보았던 '떠 있는 섬(Flotante Isla)'에 갔다 오는 시간을 물었더니 3시간이면 충분하다고 한다. 택시를 타고 10분 정도 지나자 시가지를 벗어나 비포장 시골길로 들어선다. 비에 젖어 질척거리는 비포장도로를 한 40여 분 가니 몇 개의 바위섬이 드 문드문 떠 있는 아담한 작은 마을이 나온다. 더 멀리는 차가 갈 수 없어 차를 세우고 택시기사의 안내를 받으며 미끄러운 길을 걸어서 물가까지 내려가 보았다. 대여섯 가구가 모여 사는 섬인 것 같았다. 서너 개의 작은 바위섬 사이에 토토라 갈대를 엮어 만든 인공의 섬 위에 주택을 짓고 주위에 송어 가두리 양식장을 하는 마을이었다. 바위섬 중 하나는 육지와 가까워 다리로 이어 져 있었다. 다리를 건너 그 바위섬에 올랐다. 그곳에서 바라보는 호수의 풍경은 그야말로 절경이었다. 비는 추적추적 내리고 있 었지만 탁 트인 잔잔한 호수 위에 처연히 떠 있는 바위섬들, 길 게 이어지는 천애의 바위 절벽 해변은 보기 드문 훌륭한 경치를 연출했고, 사람 손이 한 번도 닿지 않았을 법한 기암괴석 바위 절벽에는 고색창연한 이끼와 함께 여태 본 적이 없는 신기한 식 물들이 한껏 고태를 뽐내며 자라고 있었다.

돌아오는 길에 눈치 빠른 택시기사가 "시간이 많이 남았으니 다른 한 곳을 더 보겠느냐"고 묻는다. 우리로서는 더없이 고마운 제안이다. 팁이라도 넉넉하게 주어야 할 것 같다. 그가 데리고 간 곳은 지방의 향토 박물관이었다. 박물관이라고 하기엔 너무 초라한 시골 창고와 같은 곳이었지만 전시하고 있는 유물들은 그런대로 볼만한 게 있었다. 여러 가지 선사시대의 석기 유물과 토기 종류, 그리고 미라가 하나 있었다. 페루에는 건조지역이 많아서 그런지 박물관마다 미라를 전시하는 곳이 아주 많았다. 하지만 어디를 가나 모든 미라의 자세가 똑같았다. 다리를 모아 웅크리고 손을 합장하여 얼굴 옆으로 모으고 앉은 자세이다. 이 세상을 하직하고 돌아갈 때의 자세는 이 세상에 나오기 전의 자세를 취해야 올바르게 잘 돌아갈 수 있다는 어떤 믿음이라도 있었던 걸까.

　라파즈행 버스를 타고 코파카바나를 떠났다. 그런데 얼마 가지 않아 호수를 건너기 위해 모두 버스에서 내리라는 안내가 들린다. 내려 보니 한강 폭보다도 짧은 거리의 호수 물길이 앞을 가로막고 있다. 티퀴나(Tiquina) 해협이라고 한다. '산 페드로(San pedro)' 마을에서 '파블로 티퀴나(Pablo tiquina)' 마을까지 나무로 된 바지선에 버스를 실어 나르고 사람들은 버스에서 내려 작은 모터보트를 타고 호수를 건넌다. 우리나라였다면 벌써 다리를 놓아 교통의 편리를 도모했을 텐데 하는 아쉬움이 남았지만, 교통의 편리함만 추구하는 게 능사가 아니라는 걸 이내 깨달았다. 양안의 두 항구마을 선착장 주위에는 많은 상점이 즐비하게 발달해 있었고 모터보트에서 내린 승객들은 노점음식점에서 음식도 사 먹고 가게에서 쇼핑도 하면서 바지선이 버스를 싣고 오기를 느긋이 기다린다. 양쪽의 선착장이 이 지역 많은 사람의 가계를 책임지는 경제활동의 무대라고 생각하니 교통의 편리함을 주는 다리의 건설만이 이곳 주민들에 꼭 필요한 것은 아닐지도 모른다는 생각도 든다. 어느덧 해가 진다. 어둠살이 거뭇거뭇 내리기 시작할 때 라파즈 외곽에 도착한 것 같았다. 라파즈는 예상보다 훨씬 넓은 도시인 것 같았다. 라파즈는 '평화'라는 의미다. 원래 "평화라는 말이 무성한 곳에서는 평화를 찾아볼 수가 없다"라는 말처럼 이 도시의 역사도 끊임없는 반란과 봉기로 점철되어 있다.

남미의 독립전쟁 당시 독립군의 수장 '시몬 볼리바르(Simon Volivar)' 장군의 휘하인 '수크레(Sucre)' 장군과 스페인 왕군의 '호세 데 세르나(Jose de Cerna)' 총독이 페루 중부의 고원도시인 우아망가(Huamanga) 근교의 위성 마을 퀴누아(Quinua) 벌판에서 남미 독립전쟁의 대미를 장식하는 마지막 혈투를 벌였다. 이 전투를 끝으로 남미 전역이 스페인 왕정으로부터 독립을 완성할 수 있었으나 그 전투에서 너무나 많은 사람이 죽었다. 이것을 기리기 위해 그 도시 이름을 우아망가에서 아야꾸초로 개명했다. 이는 그 지방 말인 케추아어로 '아야(Aya)'는 '죽음', '꾸초(cucho)'는

티퀴나 해협

'모퉁이'를 의미한다. 아야꾸초 전투로 남미 전역의 독립이 완성되자 독립운동의 최초 발화지점인 라파즈로 진군한 시몬 볼리바르 장군은 그 도시의 이름을 '우리 평화의 성모(Nuestra Señora de La Paz)'에서 '아야꾸초의 평화', 즉 '죽음의 모퉁이에서 얻은 평화'라는 의미인 'La Paz de Ayacucho'로의 개명을 선언하게 된다. 그러니 지금의 '라파즈' 정식 명칭은 '아야꾸초의 평화'이고, 줄여서 모두 라파즈라고 부르지만 그 이면에는 엄청난 역사적인 소용돌이가 숨겨져 있다.

어둠 속에서 불빛을 환히 밝히고 있는 라파즈 시외 버스터미널에 도착한 시각은 저녁 6시경이었다. 좁은 버스터미널은 늦은 시각인데도 많은 사람이 붐비고 있었다. 낯선 풍경을 눈에 익힐 여유도 없이 동료 파견교사가 알려준 버스회사 매표창구로 가서 우유니로 가는 버스표부터 예매했다. 밤 8시에 출발하는 버스이니 2시간의 여유가 있었지만, 시내 관광을 하기는 어중간했다. 밤이라 돌아다니기 위험할 것 같기도 해서 정류장 인근에서 간단히 저녁 식사를 마치고 정류장 대합실로 돌아왔다. 밤이 되니 기온이 상당히 내려간다. 나름대로 두꺼운 옷을 준비했으나 살갗을 파고드는 냉기를 어찌할 수가 없다.

밤 버스 여행은 '시간과 경비 절약'이라는 좋은 점도 있으나 육체의 피곤함과 불편함, 그리고 불안함에서 오는 긴장감까지 더해지는 단점도 있다. 하지만 사진을 보고 감탄했던 우유니 소

라파즈 시내

금 평원을 곧 직접 보게 된다는 기대감이 마음에 작은 파문을
일으킨다. 이렇게 긴장하기도 하고 또 그렇게 설레면서 낯선 만
남을 즐기는 것이 여행의 묘미가 아니겠는가. 낯선 고원 도시
라파즈의 어둑한 시외 버스터미널에 웅크리고 앉아 우유니라
는 또 다른 낯선 풍경과 새로운 만남을 위해 밤 버스를 기다려
본다.

세상에서 가장 큰 거울, 우유니

9시간 동안 자고 깨기를 반복하면서 우유니에 도착한 시각은 새벽 5시였다. 스물댓 명의 사람들이 버스에서 함께 내리기는 했으나 모두 이미 예약해 놓은 호텔이 있는지 마중 나온 사람들을 따라 제각각 흩어지기 시작한다. 호텔 예약도 없이 자다가 엉겁결에 내린 우리 둘만 난처하고 황당하기 그지없다. 불을 밝히고 손님을 받는 카페나 음식점이 있는지 찾았으나 전혀 보이지 않았다. 난감해 주변을 살피던 중에 한 청년이 다가와서 카페에 가겠느냐고 묻는다. 외국인을 유인하려는 강도인지 몰라 불안했지만 거리에는 아직 버스에서 내린 사람들의 인기척이 남아 있고 또 별다른 방도가 없어서 아내와 나는 그 청년을 따라갔다. 꼬불꼬불 골목길을 100여 미터 정도 따라가니 '노니(Noni)'라는 간판을 단 카페가 나타난다. 새벽에 도착하는 관

우유니 소금사막

광객들을 전문적으로 받는 카페인 것 같았다. 벌써 몇 명의 손님들이 차를 마시고 있고 우리를 뒤따라서 또 몇 명이 더 들어온다. 뜨거운 아메리카노 한 잔을 마시고 나니 몸이 훈훈해지는 게 살 것만 같았다. 7시까지 카페에 있다가 파견교사가 추천해 주었던 여행사를 찾아갔다. 한국인들이 많이 이용한다는 '오아시스, 브리사, 코닥크' 여행사가 모두 한곳에 모여 있었다. 그중 제일 일찍 문을 연 '브리사' 여행사에서 당일 10시에 떠나는 온종일 낮 투어와 일몰 투어, 내일 새벽 3시에 떠나는 별빛, 일출 투어를 예약했다. 그리고 여행사에서 숙소도 추천을 받았다.

낮 투어의 첫 도착지는 열차 무덤이었다. 광활한 사막 한가운데에 녹슨 고물 열차들을 갖다 놓는 발상은 사막의 의미를 좀 더 깊이 생각하게 하는 참 적절한 의도인 것 같았다. 황량한 사막의 배경 속에서 녹슨 열차의 피폐함은 세월의 무상함을 극명하게 전달해 주는 진한 메시지로 다가왔다. 투어를 시작하는 아침 시간이라 그런지 많은 관광객이 녹슨 열차를 배경으로 사진을 찍느라 바쁘다. 다시 차는 끝이 보이지 않는 사막 속으로 달린다. 정해진 길도 없고 그저 달리면 그것이 길이 되는 곳이다. 점점 바닥의 황토색이 옅어지고 하얀색이 많아지더니 어느새 온통 사방이 새하얗다. 마치 설원의 한가운데를 달리는 것 같았다. 하얀 지평선 멀리 검은 산들이 마치 바다의 섬처럼 떠 있는 것 같다. 이윽고 하얀 소금사막 한가운데에 차가 멈춰 선다. 우

사막열차 무덤

유니는 사방이 하얀 소금 들판이라서 사진상으로는 거리감이
잘 나타나지 않는다. 이것을 활용해 기발한 장면을 연출하는 사
진 촬영이 이 투어의 백미다. 황당한 광경을 실제인 것처럼 연
출해서 사진을 잘 찍는 가이드가 유능한 가이드다.

　저마다 재미있는 사진을 찍고 난 뒤 또 한참을 달려서 간 곳
이 소금호텔이다. 암염을 깎아 벽돌을 만들고 그 소금 벽돌로
집을 짓고 기념탑도 만들어 놓았다. 소금으로 만든 신기한 탁자
와 의자에 앉아 가이드가 마련해 온 점심을 먹었다. 식사 후에
는 '잉카와스 섬(Isla de Ingkawas)'으로 향했다. '잉카의 집'이라는

의미의 '잉카와스 섬'은 하얀 소금 바다에 둥둥 떠 있는 곳으로, 배를 타고 가는 섬이 아니라 차를 타거나 걸어서 가야 했다. 소금사막에 얇게 물이라도 깔리면 물에 비치는 영상과 실제 영상을 잘 구별할 수 없어서 환상적인 사진을 찍을 수 있다. 그런데 오늘은 물이 고여 있는 면적이 너무 적어서 사진 찍기에 적절치가 않았다. 나름대로 연출도 하여 사진을 몇 장 찍고 있는데 하늘이 컴컴해지더니 세찬 비가 내리기 시작했다. 비가 그치기를 2시간 정도 기다렸으나 더욱 거세져 할 수 없이 돌아가기로 했다. 천둥과 번개를 동반한 세찬 비가 끝내 우박으로 변하더니 사방이 컴컴해 가이드가 길을 잃은 것 같았다. 연신 휴대폰으로 어딘가 연락하며 이리저리 헤매다 가까스로 다른 투어 차량을 만나 돌아올 수 있었다.

한기가 드는 몸도 녹일 겸 동료 파견교사가 추천해준 'Cactus(선인장)'라는 김치볶음밥 식당을 물어물어 찾아갔다. 이 식당의 주인은 볼리비아인인데 한국에 가서 직접 김치 담그는 법을 배워와 이곳에서 김치볶음밥을 팔고 있단다. 한국인 관광객들에게는 벌써 입소문이 나서 우유니 관광에 필수 코스가 되어 버린 것 같았다. 김치볶음밥 하나와 라면 하나를 주문했다. 음식을 기다리며 앉아 있으니 심심찮게 한국인 손님들이 들어온다. 김치볶음밥은 고추장을 섞어 달짝지근하고, 꼬들꼬들하게 볶지 않아서 예상했던 맛과는 다소 달랐으나 그런대로 먹을만했다.

잉카와스 섬

소금호텔 라운지

다음 날 새벽 3시에 잠이 덜 깨 천근만근 무거워지는 눈꺼풀을 어렵사리 위로 밀어 올리며 캄캄한 어둠 속으로 다시 나왔다. 가는 도중에 민가에 잠시 들러 장화를 하나씩 신고 소금 평원으로 나갔다. 아니, 소금호수라고 해야 적절한 표현일까. 수심이 20센티미터라도 호수는 호수인 것이다. 어제 비가 상당히 내렸는지 바퀴에 스치는 물의 양으로 대충 짐작해봐도 50~60센티미터는 넘는 것 같다. 결국 별빛 투어는 짙게 드리워진 구름 때문에 불가능하다는 설명을 듣는다. 일출도 장담할 수 없으나 그래도 시간이 좀 남아 있으니 기다려 보자고 한다. 일출의 순간을 포착하기 위해 적당한 깊이의 물을 찾았다. 자동차에 탑승한 채 이리저리 어둠을 헤맨다. 가이드가 몇 번이고 차를 멈추더니 손전등을 수면에 비추어 점검한다. 손전등에 비친 수면에는 소금 결정체가 정말 피라미드 형태의 얼음 조각들처럼 둥둥 떠다닌다. 칠레의 아따까마 소금호수에서는 전혀 보지 못했던 특이한 현상이다. 한 곳에 다다르자 적당한 장소를 찾았는지 차를 멈추고 밝아지기를 기다리자고 한다.

끝내 하늘은 벗겨지지 않았다. 우유니에서의 붉은 광경은 나와 인연이 없는 것 같았다. 하지만 붉은색의 장엄한 오케스트라 교향곡을 대신하여 잔잔히 가슴에 파고드는 바이올린 독주와 같은 푸르스름한 하늘의 깨어남을 보았다. 어둠이 서서히 물러남과 동시에 먼 하늘에 푸른 기운이 생기더니 서서히 확장되는

데, 하늘에서만 그러는 것이 아니라 광활한 호수 면에서도 똑같은 장면이 연출되어 보는 이로 하여금 딴 세상에라도 온 것 같은 신비감에 젖어 들게 했다. 온 하늘을 넉넉하게 담고서 서서히 깨어나는 푸른 새벽의 모습을 그대로 보여주는 우유니는 진정 '세상에서 가장 큰 거울'이었다.

네 번째
여정_

오지 중의 오지,
꼬따와시와
아만따니 섬

드넓은 쌀 생산지, 꼬리레 평야

페루에서는 여름 휴가철을 제외하고 가장 긴 연휴로 부활절과 독립기념일이 있다고 한다. 그중 부활절 연휴를 맞아 몇 달 전부터 코이카 시니어 단원들을 주축으로 아레키파주에 자리한 '꼬따와시(Cotahuasi)' 풍경보존구역을 여행하는 계획을 수립했다. 꼬따와시는 페루 남동부 아레끼파주에 자리한 페루에서 세 번째로 높은 '고로푸나(6,377미터)'산과 '솔리마나(6,093미터)'산 사이에 있는 해발 5,000미터의 고산 고개를 넘어가야만 다다를 수 있는 안데스산맥 내부 오지 중의 오지다. 외국 관광객들은 정보가 없고 교통편이 불편해서 여간한 노력 없이는 가 볼 수 없는 곳이다. 페루 사람들도 전문 여행가나 여행을 업으로 하는 사람들이 아니면 차량을 임대해야 하는 불편함과 비용 때문에 쉽사리 엄두를 내지 못하는 곳이라고 한다.

하지만 코이카 시니어 단원 중 한 사람의 열성적인 노력 덕분에 그곳을 여행할 수 있는 기회를 얻게 되었다. 드디어 코이카 시니어 봉사단원 10명과 우리 부부는 아침 6시에 꼬따와시 풍경보존 구역을 향해 아레끼파를 출발했다. 사륜구동 오프로드 차량 두 대로 한 대에 6명씩 탑승했다. 가이드 겸 운전기사는 훌리오(Julio)라는 62세의 남자와 띠또(Tito)라는 젊은 청년이었다.

안데스산맥의 고산지대에서 흘러내리는 물을 끌어들여 극도로 건조한 땅 위에 잉카 시대부터 조성한 '라 호야(La Joya)와 마해(Maje)' 평야를 지나 황무지를 평야로 바꾼 그 수원인 강을 건넌다. 길은 이제 리마로 가는 국도와 결별하고 안데스 방향인 오른쪽으로 방향을 바꿔 끝없이 이어진 황무지를 또 달린다. 이윽고 또 하나의 계곡이 나타나는데 이름이 '꼬리레(Corire)' 계곡이란다. 이 계곡은 강 주위 유역평야가 상당히 넓은 것이 특징이다. 이 계곡의 상류가 바로 콜카캐니언이다. 작년 10월에 5,000미터 빠따밤바(Ptabamba) 고개를 힘겹게 넘어가 치바이에서 달달 떨면서 하룻밤을 머물고 어렵사리 도달한 계곡, 콘도르를 보기 위해 두 시간이나 기다렸으나 끝내 보지 못하고 돌아왔던 전경들이 주마등처럼 스쳐 간다. 상류에 세계에서 가장 깊은 계곡을 두어서 그런지 하류에서는 상당히 넓은 유역을 형성하고 있었다.

이곳은 옛날부터 페루 남부 코스타 지역의 주요 쌀 생산지라

꼬리레 평야

고 한다. 건조한 기후에 살아가는 대다수의 페루인이 경작에 많은 물이 필요한 쌀을 주식으로 하고 있어 도대체 어느 지역에서 생산되는지 궁금했는데 이제야 의문이 풀렸다. 특히 페루의 지형은 태평양 연안 코스타 지역의 대도시와 쌀 주산지인 '셀바(selva)' 지역 사이에 높은 안데스 '씨에라(siera)' 지역이 가로 놓여 통행의 어려움 때문에 셀바에서는 쌀이 과잉 생산되어 폐기해야 하지만 코스타는 쌀 부족으로 외국에서 수입해야만 하는 쌀 유통구조다. 그만큼 코스타 지역의 쌀 생산지는 그 가치가 높다.

계곡으로 내려가기 전, 평야가 내려다보이는 지점에서 사진을 찍기 위해 차를 멈춘다. 회백색 황무지가 갈라진 틈새인 계곡 저 까마득한 아래쪽에 새파랗고도 노란 넓은 들판이 펼쳐져 있는 풍광은 신기하고도 경이롭다. 우리나라 가을 들판처럼 누런 벼들이 추수기를 맞이한 듯 풍성하게 보인다. 마치 높은 산 위에서 한국의 가을 들판을 보고 있는 듯한 착각이 들 정도이다. 비스듬히 난 길을 따라 느릿느릿 아래로 내려간다. 들판에 내려서자마자 한 포도주 농장에 들렀다. 포도 농사를 직접 지으면서 포도주와 '피스코(pisco, 포도로 만드는 40도 정도의 페루 전통주)' 생산을 함께하는 곳인 것 같다. 전통방식으로 만드는 피스코 주조과정을 보고 나서 저녁 식사 때 조촐한 파티를 위해 피스코 한 병과 포도주 한 병을 샀다.

꼬리레 들판은 위에서 보는 것보다 내려와서 보니 생각보다

포도주 농장

상당히 넓고 길이도 매우 길다. 꼬리레 계곡 강을 따라 상류로 올라간다. 도로변에는 커다란 미루나무 가로수들이 드문드문 보여 마치 우리나라 어느 농촌의 한길을 달리고 있는 것 같았다. 드문드문 작은 마을들이 나타났다가 사라진다. 풍요한 들판 덕분인지 주거환경이나 옷차림새가 안데스 고산지대의 삶보다 훨씬 풍족해 보였다.

다음으로 향한 곳은 '께룰파(Querullpa)'라는 마을 뒤 산등성이에 있는 150만 년 된 공룡 발자국 유적지이다. 경사가 가파른 조그마한 등성이를 올라가야 하는데 극도로 건조한 기후인데도 불구하고 관광유적지로 만들기 위해 나무와 풀들을 이식해서 가꾼 흔적들이 보인다. 곳곳에 커다란 공룡들의 동상들도 비치해 놓아 이곳이 공룡과 관련 있는 유적지라는 것을 한눈에 알 수 있었다. 하지만 정작 공룡의 발자국은 다소 실망이었다. 비스듬한 암반 표면에 4~5개의 파인 홈이 전부였다. 아무런 설명 없이 보았다면 그냥 지나칠 수도 있는 그런 자국이었다. 하기야 150만 년이라는 시간이 얼마나 긴 세월인가. 지금도 자국이 남아있다는 것만으로도 신기한 일이다. 마지막 산등성이 정상에 있는 전망대에서 불어오는 시원한 바람을 맞으며 맑은 하늘 아래 펼쳐지는 꼬리레 평야 정경을 내려다볼 수 있고 흐르는 땀을 식힐 수 있어 좋았다.

고원지대로 올라가기 전 마지막 마을인 '아플라오(Aplao)'라는 군 소재지 마을에 들렀다. 바다와 고도 차이가 얼마 되지 않아 교통이 수월해서 그런지 바다 생선과 조개 등 해산물들이 눈에 띠어 이색적이었다. 고산지대의 사람들이 생필품과 해산물을 사러 내려오기도 하고 바닷가 사람들이 고산지대 생산물을 사기 위해 모여드는 조그마한 시골장이 서는 것 같았다. 상설 시장 내에는 점심시간이라 제법 많은 사람이 북적였다. 시장 안에 있는 식당에서 점심을 해결했다. 유카(고구마처럼 생긴 아열대성 뿌리식물) 튀김이 매우 맛있었다.

꼬리레 평야가 해발 500미터가 채 되지 않고 우리가 넘어야 하는 고원지대의 제일 높은 곳의 고도가 4,950미터라고 하니 앞으로 4,500여 미터를 올라가야 한다. 중간에서 1박을 하겠지만 대단히 험난하고도 고된 여정이 될 것이다. 식사 후 아빨라오 마을의 중앙광장에 모두 모여 과일로 후식을 먹으며 안데스 고원지대로 도약하기 위해 마지막으로 호흡을 가다듬는다.

눈 속에서 피어나는 생명들

저 높은 안데스 고원을 향하여 꼬리레 평야의 마지막 마을인 '아쁠라오(Aplao)'를 출발한다. 뒤에 뿌연 먼지를 일으키며 자동차는 계곡을 따라가는 직진 길과 헤어져 이제는 왼쪽으로 올라간다. 출발하고 얼마 되지 않아 괴이한 형상의 조그마한 바위산을 멀리 지나친다. 초입부터 보기 드문 경치를 대하고 보니 앞으로 펼쳐질 안데스 고원지대의 신기한 풍경에 대한 기대감이 더욱더 커진다. 고원지대로의 이동은 지그재그식으로 올라가야 한다. 바로 눈앞에 보여 손에 잡힐 듯이 보이는 곳도 한참을 올라가야 도달할 수 있다. 극도로 메마른 황무지 지대를 지나 해발고도 1,500미터 지점부터 산들이 점점 푸른색으로 채색되더니 이윽고 완전한 녹색으로 변한다.

작고 큰 마을들을 지나쳐 해발 3,500미터에 자리한 '츄끼밤바

안데스를 오고 가는 지그재그 길

(Chuquibamba)'마을에서 하룻밤을 묵었다. 단체로 예약해 둔 호텔은 우리 방만 더운물과 화장실 불이 해결되지 않아 다른 숙소로 옮겨야 했다. 더운물로 기분 좋은 샤워를 마치고 저녁 식사 후 아내와 함께 아르마스(마을 집회) 광장 주위를 거닐었다. 고지대 마을의 밤공기는 매우 싸늘했으며 밤하늘의 별빛은 영롱하다 못해 눈이 시릴 정도였다.

다음 날 아침, 아르마스(마을 집회) 광장 노천에서 파는 퀴누아죽과 치즈, 아보카도를 넣은 빵을 아침 식사로 먹었다. 처음 먹어 보는 따뜻한 퀴누아죽은 아침 식사로 아주 든든한 음식이었다. 이른 아침마다 출근길 도로변에서 보았던 커다란 투명 플라스틱 통에 담겨 있던 것이 바로 이 퀴누아죽이라고 누군가 말한다. 왜 페루 서민들이 아침마다 노천의 음식점에서 그렇게 많이들 사서 먹는지 그 이유를 이제야 알 것 같았다. 여기서부터 5시간 동안 마을 없는 가파른 산길을 올라가야 하기에 여분의 빵 한 개를 간식으로 챙겼다.

차는 4,000미터 이상의 고산 평원과 구릉 지대를 달린다. 고산이라 짧은 풀과 아주 작은 관목들만 듬성듬성 보여 빈약하고 황량한 풍경을 연출할 것 같은데 밝은 연두색으로 채색된 고산이끼(야레따) 바위들이 군집을 이루어 맑은 햇빛 속에서 눈이 부신 풍경을 만들어 낸다. 나무 못지않은 연둣빛 푸른 기운으로 산을 채색해 아주 아름다운 장관을 이룬다. 더없이 푸른 하늘엔

눈 속의 야생초와 관목

흰 뭉게구름이 두둥실 떠 있고 맑디맑은 햇빛은 고원의 서늘함 속으로 상쾌하게 쏟아지고 있었다. 일행 중 누군가가 "아, 저기 '구름 그늘' 좀 봐!"라고 소리친다. 구름 그늘, 참 아름다운 우리 말이라 생각하며 차창 밖을 바라본다. 저 멀리 황량한 고원 벌판에 듬성듬성 뭉게구름 그늘이 드리우고 있는 것이 매우 상큼하게 보였다.

옛날 안데스 고산 원주민들은 '아푸(Apu)'라는 산신을 믿었다고 전해진다. 그 신앙은 안데스 고원지대에서 지금도 사라지지 않고 생활 속에 재현되고 있다고 한다. 잉카시대의 아푸 숭배 사상은 대단했던 것 같다. 마을마다 매년 몇 차례씩 아푸 산신에게 제사를 지냈으며 중요한 산신에게는 잉카가 직접 참가하는 국가적인 행사로 제사를 지냈던 것 같다. 평소에는 알파카나 야마와 같은 산 동물을 제물로 바쳤으나 화산활동이나 지진 등과 같은 커다란 재앙을 멈추기 위한 특별한 제사를 지낼 때는 사람도 제물로 바쳤던 것 같다. 1995년 아레끼파주에 자리한 암빠로(Amparo) 화산 5,000미터 이상의 만년설 속에서 '우안타(Huanta)'라는 15세 소녀의 냉동 미라가 발견되었는데 신체의 다른 곳은 모두 멀쩡한데 두개골에 예리한 도끼날 흔적이 발견되었다고 한다. 이 소녀가 바로 1450~1480년 사이의 시기에 산신에게 바쳐졌던 인간 제물이라고 학자들은 해석하고 있다.

페루 남부지방에서 제일 높은 꼬로푸나 산의 아푸 산신도 잉카인들은 아주 중요한 산신으로 경배했을 것이라는 추측이 가능해진다. 안데스 고원지대 주민들은 지금도 산에서 어떤 일을 행하기 전에 아푸에게 그 의사를 물어보는 의식을 치른다고 한다. 마을의 제사장 격인 사람이나 마을의 점쟁이는 한 줌의 마른 코카 잎을 야마 털실로 짠 보자기 위에 던진 후 그 흩어진 배열을 보고 아푸의 뜻을 알아차렸다고 한다.

어느 사이 고도는 4,500미터가 넘는다. 밤 사이 얼었던 얼음들이 아직 녹지 않아 눈처럼 하얗게 쌓여 있다. 눈 쌓인 하얀 고산분지를 얼마간 달리더니 차가 멈추어 선다. 길옆 눈 덮인 하얀 언덕을 오르면 정상에 작은 호수가 있다고 가이드가 귀띔해준다. 4,500미터 이상의 고지대라는 사실을 깜빡 잊고서 아름다운 호수를 빨리 보고 싶은 마음에 빠른 걸음으로 언덕을 올랐더니 숨이 차서 어질어질한 것도 모자라 정신까지 혼미해지는 것 같았다. 한참 가쁜 숨을 몰아쉬다가 푹신한 야레따 이끼 바위 위에서 가부좌를 틀고 배꼽 호흡을 몇 번 하고 나서야 가까스로 제정신을 차릴 수 있었다.

정상에 다다르니 자그마한 '빠야르꼬차(Pallarcocha)' 호수가 나타난다. 호수는 맑은 수면에 하얀 코로푸나 화산과 푸른 하늘 흰 구름을 담고서 고요하다 못해 시간이 멈춘 듯 적막하다. 주위 언덕은 밝은 연두색 야레따 바위가 하얀 눈 사이에 군데군데 흩어져 있고 서늘한 공기 속으로 쏟아지는 맑은 햇볕은 상쾌함

야레따 바위이끼

을 넘어 환상적인 분위기를 연출하고 있었다. 거의 해발 5,000미터 가까운 곳에서 맑은 햇볕과 상쾌한 바람에 온몸을 내맡긴채 하얀 설산이 비치는 고요한 호수를 바라보는 것은 누구나 할수 있는 경험은 아닐 것이다. 아무 생각 없이 고요한 수면에 영롱하게 비친 눈 덮인 산봉우리를 바라볼 수 있어 잠시라도 속기를 떨쳐버릴 수 있는 성스러운 시간이 되었던 것 같다.

다시 차를 타고 고산 평원을 달린다. 얼마를 왔을까 싶을 때쯤 가이드가 "꼬따와시 계곡으로 내려가기 직전에 아래를 조망할 수 있는 미라도르 전망대"라며 내리라고 한다. 발아래 웅숭깊은 계곡이 갈라져 있다. 계곡 끝은 보이지 않고 아래쪽 멀리한 마을이 눈에 들어왔다. 그곳이 바로 우리가 가야 할 꼬따와시 마을이란다. 내려가는 길이 아슬아슬해 보인다. 이렇게 높고 가파른 계곡을 오르내리며 생활했을 잉카인들의 고단한 삶을 유추하며 계곡 밑의 신비한 세계를 상상해 본다.

세속의 잡념을 깨부수는 씨피아 폭포

전망대에서 바라본 꼬따와시는 감탄할 만큼 아름다웠다. 6,000
미터 이상의 만년설에서 시작되는 강물은 수백만 년에 걸친 침
식작용으로 밑바닥이 보이지 않는 심연의 본류 계곡을 만들었
다. 작은 지류의 계곡들은 마치 나뭇가지가 큰 둥치에 이어지듯
본류 계곡으로 흘러들고 있었다. 지류 계곡의 경사면 중턱에 군
데군데 들어선 마을 몇 개가 마치 나뭇가지에 달린 작은 열매처
럼 가물가물하게 내려다보인다. 계곡 너머에는 크고 작은 산들
이 수많은 주름을 만들며 꿈속을 흐르는 물결처럼 아득하다.

　바로 꼬따와시 마을로 내려가지 않고, 그 반대편으로 내려가
몇 개의 다른 마을과 계곡 바닥에 있는 몇 군데 명소를 들른 후
꼬따와시 마을로 간다고 한다. 우리가 내려가야 할 길을 전망대
에서 내려다본다. 이곳의 경사도 만만치가 않다. 발아래 보이는

길은 지그재그로 끊어질 듯 가물가물 다시 이어지며 아스라이 보이는 한 마을에 닿는다. 실오라기 같은 가느다란 줄로 어렵게 한 마을로 이어지는 저 아득한 길을 보니 생존의 본능과 번식의 본능 못지않게 소통의 본능도 인간의 기본욕구가 아닌가 하는 생각이 든다. 옆 마을과 소통하기 위해 저리도 험난하고도 긴 길을 뚫었으니 말이다. 자동차는 한 방향으로 수킬로미터 비스듬히 내려가다가 갑자기 반대 방향으로 꺾어지더니 다시 수킬로미터를 내려간다. 이러기를 여러 번 반복한다. 한 곳은 지난 폭우로 도로가 유실되고 좁아져 자동차만 겨우 지나갈 정도이다. 만일의 경우를 대비해 사람들은 모두 차에서 내려 얼마간 걸어서 내려가야 했다.

어렵사리 '또로(Toro)'라는 아주 작은 마을에 도착했다. 고개를 들어 하늘을 보니 문처럼 트여 있는 한곳을 제외하고 세 개의 방향이 가파른 절벽으로 둘러싸여 있다. 고개를 한껏 뒤로 젖혀도 그 꼭대기를 볼 수 없는 절벽이다. '또로(Toro)'는 스페인 말로 황소라는 뜻이다. 과거 여기에 황소를 많이 기르고 투우도 했던 모양이다. 원형 투우장으로 보이는 돌로 쌓은 자그마한 시설물이 마을 입구에 보인다. 식당이 없어서 마을 가게 주방을 빌려 음식을 해 먹어야 했다. 어렵사리 마련한 조촐한 점심 식사를 마치고 다시 길을 떠난다. 문처럼 트여 있는 곳으로 난 내리막길을 다시 지그재그로 하염없이 내려간다.

또로 마을로 이어지는 길

천길 절벽 밑 계곡 물소리가 들리는 곳까지 내려왔다. 아찔한 천길 절벽 사이로 흙탕물의 급류가 세차게 흘러간다. 조그만 '꾸이아오(Cuyao)' 다리를 건너 절벽 밑으로 난 길을 한참 달리니 주차장으로 보이는 공터가 나온다. 차에서 내려 하늘을 올려다보니 그야말로 하늘만 좁게 갈라져 있는 협곡바닥이다. 별유천지비인간(別有天地非人間)이라고 상상 속에 존재하는 산수화 그림

속 한 풍경에 발을 들여놓는 것만 같다. 강을 따라 난 절벽 길을 또 한참 걸어 내려간 곳에서 강바닥이 끊어져 생긴 '씨피아(Sipia)' 폭포를 볼 수 있었다. 폭포 위 왼쪽 절벽 돌출부에서 폭포를 내려다보아야만 하기에 폭포의 장관을 한눈에 조망할 수는 없으나 요란한 물소리와 올라오는 흰 물보라로 짐작해 보니 거대하고도 힘찬 폭포인 것 같았다. 누런 흙탕물이 깊이를 알 수 없는 웅숭깊은 곳으로 떨어져서 하얀 거품이 되어 거대한 벽처럼 막아서는 천길 절벽 사이로 유장하게 흘러간다. 힘찬 폭포의 물줄기와 주위의 천길 벼랑의 풍경은 여태 한 번도 경험하지 못한 낯선 느낌, 즉 경외감에서 오는 서늘함을 마음에 새겨준다. 폭포를 내려다보고 있으니 머릿속 세속의 온갖 잡된 생각들이 깨부쉬져 물보라처럼 허공으로 사라지는 것 같다.

다시 꼬불꼬불 길을 달려 이곳의 중심지인 꼬따와시 근교에 도착했다. 잠잘 숙소를 먼저 정하자는 의견도 있었으나 "날이 저물기 전에 온천욕부터 해야 한다"는 훌리오의 말에 끌려 먼저 온천욕을 하러 갔다. 부활절 연휴라서 그런지 이 산골 온천장에도 사람들이 넘친다. 강 옆 실내 풀장 같은 곳에 온천물을 받아 놓고 수영복 차림으로 남녀가 함께 사용하는 온천장이다. 좁은 협곡이라 해가 빨리 저무는 듯, 온천욕을 끝내고 나니 주위가 캄캄하게 저물었다. 꼬따와시로 돌아오니 사방으로 이어지는 좁은 골목, 두꺼운 흙벽돌 벽체를 두른 고색 짙은 집들, 골

녹은 눈이 급류로 흐르는 고산 협곡

목을 노랗게 물들이는 백열 가로등, 커다란 돌들이 드문드문 박혀 있는 비포장 골목길, 간혹 보이는 아름드리 고목들의 모습에서 안데스 산속 외진 오지에서 오랜 세월 동안 그 중심지 역할을 해 온 연륜이 느껴진다. 가이드가 안내한 식당에서 늦은 저녁을 먹고 숙소를 잡아 잠자리에 들었다.

이른 아침, 전날 저녁 식사를 했던 식당에 모여 간단한 빵으로 아침을 해결하고 빵 하나는 새참으로 챙긴 후 꼬따와시를 떠난다. 어제 전망대에서 내려다보았던 그 아슬아슬한 길을 이제는 올라가야 한다. 올라가는 길 중간중간에는 고원에서 떨어지는 흰 물줄기 폭포들이 자주 보여 심심찮게 갈 수 있었다. 다시 해발 4,900미터 이상의 고산평원으로 올라왔다. 야마와 알파카 등을 방목하는 목장들이 간혹 보였다. 목장이라고 해야 겨우 돌담으로 둘러쳐서 야간에 가축들을 가두어 두는 장소와 움막 같은 집 한 채가 전부다. 야간에는 온도가 상당히 내려갈 텐데 그들의 춥고도 가난한 삶을 생각하니 가슴에 연민의 느낌이 스친다. 고도계를 찍어 보니 최고의 높이가 해발 4,950미터에 달한다. 그 지점을 정점으로 다시 서서히 내려가더니 어느 지점부터는 다시 급경사를 지그재그로 내려간다. 이곳의 흙 색깔은 다른 곳의 회백색과 달리 밝은 황토색으로 특이하다. 깎아지른 황토색 절벽으로 난 길은 차 한 대가 겨우 지나갈 정도로 좁다. 그야말로 아슬아슬한 절벽 길을 꼬불꼬불 하염없이 내려간다.

해발 5,000미터의 고산 관목

해발 5,000미터에서 자라는 수초

해발 4,000미터 정도까지 내려왔는지 이제야 작은 관목들과 선인장 종류들이 보이기 시작한다. 다시 서서히 지그재그로 내려간다. 마을은 보이지 않아도 곧 마을이 나타날 것이라는 징조가 보인다. 방목하는 야마도 더러 보이고 계단식으로 일구어 놓은 밭들도 있다. 안데스에서는 해발 4,000미터가 인간이 마을을 이루고 보통생활을 영위할 수 있는 높이의 한계가 아닌가 싶다. 마침내 저 아래 마을이 보이기 시작한다. 거의 1,500미터 정도의 높이를 내려온 것 같다. 이번 여행의 마지막 목적지인 안다구아(Andagua)에 도착했다. 1년에 고작 200여 명밖에 외부인이 방문하지 않는다고 하니 안데스산맥 속의 깊숙한 외딴 마을임에는 틀림없는 듯하다.

화산의 계곡 안다구아

안다구아는 잉카시대부터 형성된 유서 깊은 마을이 아니라 페루가 스페인으로부터 독립했던 초기에 페루 농업청에서 이 지역의 특이한 자연과 역사적인 유물의 보존을 목적으로 인공 설계된 마을이다. 마을 중앙에는 비교적 넓은 중앙광장이 사각 정원으로 잘 가꾸어져 있고 북쪽 면에 마을의 중심 성당인 듯 생각보다 큰 성당이 자리하고 있었다. 먼저 점심 식사할 식당을 찾아야 했다. 워낙 산골 오지라 14명의 식사를 한꺼번에 마련해줄 식당을 찾기가 힘들었다. 중앙광장에서 기다리는 동안 가이드 2명이 흩어져 적당한 식당을 찾아 골목골목 돌아다닌다. 이윽고 한 식당을 찾은 것처럼 보인다. 골목으로 깊숙이 들어간 곳에서 가까스로 점심을 해결할 수 있었다. 숙소를 구하기에도 만만치가 않았다. 지역에 하나밖에 없는 호텔은 너무 오랫동안 비워둔 탓에 손님을 받을 수 있는 컨디션이 아니었다. 할 수 없이 민박집을 구하기로 했다. 다행히 우리 부부가 잘 민박은 쉽게 구했다. 중앙광장에서 다소 떨어져 있으나 돌담으로 둘러쳐져 있고 낡은 대문을 열고 들어서면 마당에서 다알리아꽃이 반기는 전형적인 시골집이다. 마을 학교에 근무하는 선생님이 거주하는 집이라고 한다. 선생님은 부활절 연휴를 맞아 휴가를 떠나고 없었다. 우리 방은 침대 두 개와 넓은 공간에 탁자와 소파들이 여유 있게 배치된 방이었다.

차를 타고 마을 외곽으로 가니 모든 밭이 돌담으로 둘러쳐져 마치 우리나라 제주도에 온 것 같은 느낌이 들었다. 먼저 찾아간 곳도 제주도의 오름처럼 생긴 자그마한 화산분화구 두 개가 있는 곳이었다. 차를 그 아래 세우고 존슨 화산(Johnson volcano)에 올랐다. 이 지역의 특이한 자연경관을 잡지에 게재해 최초로 그 베일을 벗겼던 내셔널 지오그래픽 기자의 이름을 따서 지은 이름이라고 한다. 우리나라 동네 뒷산 정도의 크기로 전형적인 원뿔 모양의 분화구 형태이다. 바로 옆에 비슷한 다른 분화구가 솟아 있는 걸 보니 이곳은 거대한 화산폭발이 아니라 소규모 화산폭발이 간헐적으로 일어났던 지역인 것 같다. 정상에 올라가서 주위를 한 바퀴 돌았다. 정상은 동그란 원형을 그대로 유지하고 있었다. 제주도의 오름보다 분화구의 형태가 더 뚜렷이 유지되고 있는 걸 보니 제주도보다 훨씬 연륜이 짧다는 것을 쉽게 알 수 있었다. 분화구 속을 내려다보니 깊이가 40~50미터는 족히 넘는 것 같고 바닥에는 비교적 키 큰 관목들로 가득 차 있다. 정상은 바람이 세고 척박한 땅이라 지의류가 붙어 있는 낮은 관목과 자그마한 선인장 종류들이 자라고 있었다. 우리나라 야생에서는 볼 수 없는 신기한 선인장들이었다. 주먹보다 작은 선인장들이 풀숲 속에서 붉고 노란 꽃들을 활짝 피우고, 이름 모를 앙증맞은 야생화들이 저마다의 색깔로 활짝 웃고 있었다. 시원하게 불어오는 미풍과 더불어 맑은 태양 속에서 소박하게 빛나는 신기한 야생초의 아름다움을 발견할 수 있는 시간이었다.

내려올 때쯤 무심코 발을 내려다보니 골프공 크기의 선인장 두 개가 내 운동화에 달라붙어 있었다. 어디쯤에서 달라붙었는지 모르겠지만 생명의 영속성을 위해 애쓰는 생명체의 본능을 보는 것 같아 가슴에 찡한 그 무엇이 느껴진다. 이곳 선인장은 꽃을 피워 씨앗으로 분화하기도 하고 이렇게 동물들의 움직임을 이용하여 멀리 종족을 퍼뜨리는 또 다른 분화 습성을 가진 모양이다. 자연의 악조건을 극복하고 종족을 이어가기 위해 오랜 세월에 걸쳐 터득된 습성일 것이다. 생명영속의 당위성에 대하여 다시 한번 생각해 보는 시간이 된 것 같다. 꽃 접사 사진을 찍기 위해 가까이 다가갈 때 나의 손등을 찌르던 그 까칠한 가시가 종족 번식의 도구로도 활용되다니 놀랄 만한 일이다. 조심스럽게 떼어내어 같은 생명체로서의 내 염원을 담아 아주 멀리

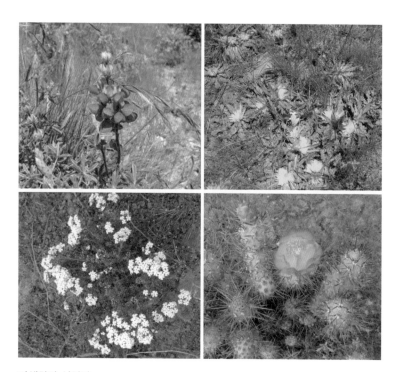

야생화와 선인장

운동화에 달라붙은 선인장

던져 주었다.

두 번째로 찾아간 곳은 잉카 이전 시대의 문화인 '와리(Wari)' 문명의 거주지인 '안따이마르까(Antaymarca)' 유적지였다. 용암이 흘러 내려 만들어진 검은 화산암이 끝없이 펼쳐진 계곡의 한복판에 지붕은 오랜 세월 사라지고 없으나 돌로 담을 쌓고 수로를 내고 골목길도 만들었던 주거 흔적들이 남아 있었다. 와리는 잉카 바로 직전의 문명으로 AD 500년에서 AD 1,000년 사이 안데스 고원지대를 중심으로 번창했던 강력한 고대국가였다. 그 중심 시발 지점의 왕궁터가 페루의 남중부 아야꾸초 북쪽 25킬로미터 지점에서 발굴되었으며 그 국가의 국경 경계가 북쪽으로 '뚜루히요(Trujillo)'에서 남쪽으로는 지금 내가 사는 모케과까지 걸쳐 있었다고 한다. 하지만 천 년이 넘은 돌 유적들이 선인장과 잡풀들로 망가져 가는 것이 그저 안타까웠다. 화산암 계곡을 건너 선인장들이 숲을 이루는 언덕을 올라 안따이마르까 전망대에 오른다. 전망대에 올라 보니 멀리 안다구아 마을도 보이고 반대편에는 여러 개의 화산분화구들이 봉긋봉긋 솟아 있는 걸 볼 수 있다.

늦은 저녁을 먹은 식당은 중앙광장에서 다소 떨어져 있었고 장소가 협소해 교대로 식사를 해야 했지만 음식 맛은 좋았다. 특히 주인 내외의 순박한 시골 인심을 느낄 수 있어 오래간만에 기분 좋은 저녁 식사였다. 모임광장과 성당 쪽에는 부활절을 맞아 야간행사가 열리는지 시끌벅적하다. 모두가 부활절 행사에 참여하느라 집을 비운 듯 동네 골목길이 조용하다. 싸늘한 밤공기를 느끼며 숙소로 돌아와 잠을 청했다.

어제 저녁을 먹었던 그 식당에서 느긋한 아침을 즐긴다. 식사후에는 주인아줌마가 제공한 이 지역 전통복장을 입고 기념사진도 몇 장 찍었다. 오늘 가야 할 길은 모두 내리막이어서인지 가이드들이 서두르지 않는다. 중앙 집회광장에 여유 있게 모여 안다구아를 출발한다. 어제 내려왔던 밝은 황토색 절벽 길을 다시 올라간다.

안따이마르까 전망대에 오르는 길

현대 사학자들은 안데스 고원 문명에 대해 두 가지 커다란 의문점을 가진다고 했다. '왜 문자를 발명하지 못했는가'와 '왜 바퀴를 만들지 못했는가'이다. 혹자는 "바퀴는 원형이고 원형은 그들이 숭배하는 지고의 신인 태양신의 모양이라 그 신성함을 침범할 수 없어 바퀴를 사용하지 않았다"고 한다. 하지만 과연 그랬을까? 현대식 장비로 뚫은 지그재그 찻길 사이사이로 잉카 시대부터 있어 온 도보의 지름길이 실처럼 가늘게 이어진다. 저렇게 가파른 절벽 길은 지그재그로 차를 타고 가는 시간보다 도보 지름길로 걸어서 가는 것이 훨씬 더 빠를 것 같다. 저 가파르고도 깊은 계곡과 아스라이 이어지는 지그재그 길을 실제로 내려다보면 왜 바퀴를 발명하지 않고 직접 달리는 '차스키'라는 통신만을 고집했는지 그 이유를 알게 될 것이다.

안데스 깊숙한 속살 고원지대에서 보낸 지난 3박 4일이 꿈만 같다. 안데스의 속살인 꼬따와시 계곡에서 경험했던 경외감과 아름다움은 내 생애에 결코 잊지 못할 추억이 될 것 같다.

망자들을 위한 붉은 꽃의 섬

모케과에서 가까이 지내는 코이카 젊은 단원 중 한 분이 근무 기한이 끝나게 되어서 곧 귀국해야 하는데 그동안 가보지 못했던 아만따니 섬을 이번 주말에 2박 3일 일정으로 여행한다면서 함께 가지 않겠느냐고 묻는다. 혼자서는 엄두가 나지 않는 여행지를 좋은 인연 덕분에 동행할 수 있었다. 해발고도 1,300미터인 모케과에서 3,900미터로 올라가는 푸노까지의 가파른 여정은 그동안 수차례 경험 한 바가 있으나 처음처럼 늘 낯설기만 하다. 어둠 속을 뚫고 푸노에 도착한 시각은 밤 8시였다. 예약한 호텔에 짐을 풀고 서둘러 식당을 찾아갔다. 동행하는 젊은이들이 맛있는 피자집을 안다고 해서 찾아갔더니 주말이라 그런지 만원이라 빈자리가 없다. 하는 수 없이 과거에 한 번 들른 적이 있는 태극기 걸린 그 식당을 찾아갔더니 기대를 저버리지 않는다. 화덕 겸용인 장작불 벽난로가 있어 더 따뜻하고 맛있는 저녁을 즐길 수 있었다.

모케과와 다른 싸늘한 밤공기에 불면의 밤을 보내고 아침 8시에 아만따니 섬으로 가는 선착장이 있는 '까파치까(Capachica)' 행 꼼비(승합차)를 탔다. 아만따니 섬은 호수 중앙으로 툭 튀어나온 까파치까 반도 외곽에 자리 잡고 있기에 푸노에서 배를 타고 가면 3~4시간이 걸리지만 까파치까까지는 승합차를 타고 가서 그곳에서 배로 갈아타고 들어가면 2시간 정도 걸린다고 한다. 까파치까 주차장에 내리니 무슨 행사가 있는 날인지 아니면 실제 이곳 장날인지 알 수 없으나 사람들이 상당히 많이 붐빈다. 아무래도 외국인, 특히 한국인이라고는 잘 구경할 수 없는 시골이라 호기심의 시선이 집중되었다. 특히 젊은 총각 선생인 파견수학교사는 이내 시골 소녀들에게 둘러싸여 어찌할 바를 모른다.

아만따니 섬에 대한 첫인상은 매우 좋았다. 검푸른 호수를 배경으로 오후 햇살이 비치는 섬 정경은 맑은 가을날 우리나라 남해안의 어느 섬마을을 보고 있는 듯 착각이 들 정도로 정겨웠다. 해안가에는 커다란 유칼립투스 나무들이 마을 사이사이에 울창하게 자라고 있어 역사가 오래된 섬이라는 것을 단번에 알아볼 수 있었다. 담은 흙벽돌 토담이고 지붕은 함석지붕인데 연한 피부색의 부드러운 색으로 모든 지붕을 같게 페인트칠을 해

아만따니 부두

서 동네 분위기를 훨씬 더 아늑하게 만들고 있었다. 아만따니 섬은 '깐뚜따(cantuta)'의 섬이라고도 불린다. 깐뚜따는 페루와 볼리비아의 국화로 해발고도 1,300~3,000미터 사이에서 잘 자라는 꽃고빗과에 속하며 붉은색, 분홍색, 황색 세 가지 색깔이 있다. 트럼펫이나 기다란 종처럼 생겨 '종꽃'이라 부르기도 하고 '잉카의 꽃'이라 부르기도 한다.

사실 잉카인들은 이 꽃을 상당히 신성시 여겼던 것 같다. 잉카의 왕이 행차하는 곳에는 반드시 이 꽃으로 장식을 해야 했고, 사내아이가 성장하여 잉카제국의 용맹한 전사가 되는 신성한 의식에도 이 꽃을 장식했다고 한다. 그리고 잉카인들은 산신에 대한 경배의 표현으로 산신이 있는 높은 산 아래 기슭에 반드시 이 꽃을 심었다고 한다. 이처럼 잉카인들에게 신성시 여겨졌던 꽃이기에 요즘도 쿠스코 지방 사람들은 이 꽃을 신성시 여겨 장례식에 반드시 사용한다고 한다. 전설에 의하면 사람이 죽으면 가야 하는 저승길은 상당히 멀고도 험하여 심한 갈증을 느끼는데 그때 이 꽃 속에 들어 있는 물이 망자의 갈증을 풀어주는 특효가 있다고 믿기 때문이란다.

우리나라의 민간 전설에도 망자들이 넘어가야 하는 고개가 나온다. 그 고개도 너무 힘들고 갈증이 심해 망자들은 정상에 있는 주막에서 술 한잔을 마시지 않고는 결코 넘을 수 없는 고개라고 한다. 그 술은 이 세상일을 모두 잊게 만드는 '망각주'라

아만따니 섬 전경

깐뚜따 꽃

고 한다. 그 주막에서 '망각주'를 마신 망자들은 이 세상의 모든 일을 깡그리 잊어버리고 저세상으로 가서 다른 삶으로 다시 태어나는 윤회를 한다고 하는데 세상을 놀라게 하는 신동들의 탄생은 이 주막에서 마시는 '망각주'의 양과 무관하지 않을 것이라는 쓸데없는 생각을 해 본 적도 있었다.

깐뚜따의 섬이라는 별칭답게 마을 곳곳에 깐뚜따가 돌로 된 담장 너머 붉게 피어 있다. 가파른 경사를 따라 얼마를 올라간 곳에 자리한 민박집에 다다랐다. 유별나게 주위에 꽃을 많이 심어놓은 소박한 시골집이었기에 주인의 품성이 어떠한지 미루어 짐작할 수 있었다. 방을 배정받고 식당으로 내려와 때늦은 점심을 먹는다. 약간의 밥과 삶은 감자, 푸성귀 그리고 살짝 구운 한 덩어리의 치즈가 전부였으나 시장이 반찬이라 맛있게 먹었다. 식사 후 차를 내온다. '뮤냐차'라고 하는 이 지방 특유의 차다. 뮤냐는 이 섬에 야생으로 자생하는 작은 관목으로 잎이 작아 우리나라의 회양목처럼 생겼다. 차라기보다는 우리나라 숭늉처럼 식후에 습관적으로 마시는 음료인 것 같다. 별도로 가공하지 않고 뮤냐의 생가지와 잎을 뜨거운 물에 넣어 우려낸 것이다. 향기가 좋고 위장에 좋아 소화를 돕는다고 한다. 뮤냐차를 한잔씩 마시고 난 후 뒷산 봉우리 중 '파차따따'봉에 오르기로 하고 서둘러 민박집을 나선다.

별들의 축제

·

아만따니 섬은 타낄레 섬보다 거의 두 배의 크기다. 그래서인지 정상 봉우리도 타낄레 섬보다 더 높이 솟은 것 같다. 뒷산 봉우리로 올라가는 길이 상당히 가파르다. 점점 위로 올라갈수록 나무는 없어지고 우리나라 제주도처럼 돌담으로 경계를 나눈 계단식 밭들이 많이 보인다. 양 떼를 몰고 내려오는 소녀들과 수시로 마주친다. 오후가 되니 산에서 풀을 뜯기던 양들을 몰고 집으로 내려가는 듯 보였다. 알록달록 원주민 복장을 한 수줍은 소녀들, 순하고도 천진한 눈매를 가진 어린양들, 그리고 오후의 해맑간 햇볕과 상쾌한 공기는 더할 나위 없이 평화롭고 아늑한 풍경을 만들어 주었다. 어느 정도 올라오니 경사가 완만해지고 평평한 구릉이 나타난다. 그곳에서 길은 좌우로 갈라져 왼쪽으로는 파차따따 봉으로, 오른쪽으로는 파차마마 봉으로 오르는

아만따니 마을

양치는 소녀와 호수 그리고 볼리비아 설산

길로 이어진다.

우리는 왼쪽 파차따따 봉으로 방향을 잡고 오른다. 오르는 길은 두세 사람이 나란히 걸을 수 있는 너비이고 좌우 밭들과의 경계에는 돌담을 쌓아 놓았다. 길바닥은 커다란 석판들을 정교하게 이어 붙여 포장해놓아 정갈하게 관리하는 것처럼 보였다. 정상에 있는 파차따따 신전에 도달하려면 가파른 돌계단 길은 물론이거니와 중간에 두 개의 아치형 석문과 신전 구역으로 들어가는 마지막 석문을 통과해야만 한다. 여러 개의 문을 통과해야만 대웅전 본존 석불을 만날 수 있는 내 고향 김천 직지사가 생각났다. 세속에 물든 인간이 영롱하신 신을 알현하기 위해서는 문(門)이라는 영혼의 순화장치를 통과해야 하는 절차도 우리나라나 안데스나 다름이 없는 모양이다. 아치형 석문을 통과할 때 경건한 마음으로 세속의 잡된 생각들을 떨쳐버렸다.

정상의 신전은 의외로 소박했다. 지붕 없이 두꺼운 사각 돌담으로 둘러쳐 있고 출입문은 안은 볼 수 있지만 굳게 잠겨 있었다. 잠긴 문을 통해 안을 들여다보았다. 사각 돌담 층이 두 층 아래로 내려간 중앙에 커다란 돌로 쌓아 만든 제단이 전부였다. 제단에는 마른 풀만 무성하다. 안데스 고원의 신 중 하나의 모습을 볼 수 있다는 기대감이 너무 컸는지 실망감이 들었지만, 아만따니 주민들이 이곳에서 신에게 제사를 지내는 광경을 마음속으로나마 그려보았다. 파차따따 봉을 둘러보고 내려가는

파차따따봉 석문

길에 한 무리의 관광객들이 맞은편 파차마마 봉으로 올라가는 것이 빤히 내려다보인다. 우리 일행 중 두 명의 젊은이들은 아직 해질 시간이 많이 남아 있으니 파차마마 봉까지 섭렵하겠다며 급히 돌계단을 내려간다. 나도 그들을 따라 속도를 낸다. 아직 마음만은 젊은이들 못지않으나 몸이 생각대로 움직여 주지 않는다. 파차마마 봉으로 오르는 길은 파차따따 봉보다 더 가파르기도 하고 굴곡이 심하다. 해발 4,000미터의 고산이 아닌가? 용기를 내어 따라나섰지만 숨이 턱밑까지 차오른다.

이 길에도 돌로 쌓은 아치형 석문이 두 개 있는데 그 규모가 파차따따 봉보다 훨씬 두텁고 웅장했다. 하지만 정상의 신전은 '파차따따' 신전보다 더 초라해 보인다. 주위를 한 바퀴 둘러보았다. 하지만 주위의 풍경은 훨씬 뛰어난 것처럼 보인다. '파차따따'는 동쪽 봉우리 정상이어서 볼리비아 쪽과 일출을 전망하기에 좋은 곳이고 '파차마마'는 서쪽 봉우리여서 페루 쪽이 잘 보이고 일몰을 감상하기에 좋은 곳이라는 민박집 주인의 말이 있었다. '파차따따' 봉의 동쪽 끝은 완만한 경사의 호수 면으로 이어져 있지만 파차마마 봉 서쪽 끝은 가파른 절벽으로 끊어져 호수 면에 닿는다. 어느덧 태양이 서쪽 하늘에 나지막하게 걸렸다. 석양이다. 관광객들이 서쪽 절벽 위로 모인다.

나도 절벽 위 바위에 걸터앉아 서서히 저물어가는 티티카카 호수의 장엄한 일몰을 감상한다. 거울처럼 반반한 수면은 마지

티티카카 호수의 노을

아만따니 섬에서 바라본 티티카카 호수

막 태양 빛을 황홀하게 반사하고 있다. 저 멀리 호수 주변의 산들은 검은빛으로 변해가고 주위는 온통 붉은 기운으로 가득 찬다. 어수선하던 주위 관광객들의 움직임도 이내 잦아들고 모두가 할 말을 잃은 듯 고요함 속에 지는 해를 바라보고 있다. 검은 산 너머로 태양은 서서히 넘어가고 무언가 아쉬운 듯 붉은 구름 한 조각을 하늘에 남긴다. 해가 지고도 얼마 동안 호수 면은 환한 하늘 때문인지 반반한 밝음으로 남더니 그것마저도 이내 어둠 속으로 희석되어 버리고 마침내 어둠이 사방에 내린다. 숨죽이고 바라보던 일몰의 순간이 그렇게 끝났다. 어둑어둑 희미하게 보이는 어둠 속에서 내려가는 길을 조심스레 찾아 내려간다. 하늘에는 벌써 하나둘 별들이 찾아오고 있었다. 해가 지니 4,000미터의 고산 호수의 섬이라서 그런지 이내 싸늘한 한기가 온몸을 에워싼다.

동행한 파견 수학교사는 가지고 있는 사진기부터 범상치 않더니만 사진에 취미가 있고 상당한 일가견을 가지고 있는 것 같았다. 산중턱까지 내려오더니 한밤에 별 사진 찍을 장소를 물색한다며 자주 하늘을 올려다보고 주위를 살핀다. 저녁 식사 후 사진 찍을 때 동행하기로 했다. 내 평생 이렇게 많은 별을 바라보았던 날이 있었던가. 어릴 적 여름밤에 시골 평상에 누워 바라보던 별보다 훨씬 더 많은 별이다. 세계에서 가장 건조하다는 아따까마 사막에서도, 세상의 가장 큰 거울인 우유니 사막에

갔을 때도 하늘이 허락하지 않아서 보지 못했던 고산지대의 별을 티티카카 호수 수면 위 아만따니 섬에서 보게 될 줄이야. 밤하늘은 그야말로 강변 모래알처럼 많은 별이 그들만의 축제를 몰래 벌이고 있는 것 같았다. 영롱하면서도 청아한 빛의 기운이 온 하늘을 가득히 채우고 있었다. 열병식을 하듯 한 무리의 별들이 희뿌연 성운이 펼쳐진 길을 따라 행진을 하고 있었고, 온 하늘을 가득히 메운 별 관중들은 열렬한 환호의 표시로 저마다의 맑은 빛을 마구 발하고 있었다. 나는 비밀스러운 그들의 축제를 몰래 훔쳐보는 것 같아 가슴이 마구 뛰고 감격스러워 입을 다물 수가 없었다. 자꾸 눈물이 날 것만 같았다.

별들이 반짝이는 하늘을 자세히 바라보면 또렷한 별들은 계속해서 빛을 발하지만 약한 별빛의 별들은 사라졌다가 다시 나타나기도 하고 또 사라지기를 반복한다. 별이 없을 것 같은 곳을 바라보면 희미한 빛이 반짝거리는 듯도 하다. 그리고 그곳을 다시 바라보면 그 별은 사라지고 없다. 부처님이 말씀하신 "색즉시공(色卽是空), 공즉시색(空卽是色)"을 사색해 볼 수 있는 좋은 광경이었다. 하늘에는 영롱한 보석들이 눈부신 장식을 하고 땅 위에는 검은 장막을 깊게 두른 채 티티카카 호수의 밤은 신비롭게 깊어만 간다.

죽은 자들의 저택, 씨유스따니

푸노에 도착하니 12시가 조금 넘는다. 여행사에 들러 오후에 떠나는 씨유스따니(Sillustani) 투어를 예약하고 점심을 먹었다. 씨유스따니는 푸노에서 우로스 섬과 함께 가장 널리 알려진 관광지인 것 같다. 티티카카 호수 주변에 산재한 부속 호수 중 하나가 '우마요(Umayo)' 호수인데 그 호수 변에 자리 잡은 조그만 마을 '아뚠코야(Hatuncolla)'에 도착했다. 주차장에 내리니 길옆에 늘어서 있는 기념품 가게와 음식점들이 관광지임을 말해준다. 가이드를 따라 얼마를 걸어가니 호수 중앙으로 돌출된 반도로 들어가는 입구가 나오는데 그 반도는 마을보다 더 높은 고원을 형성하고 있다. 입구는 마치 Ω자 형처럼 입구의 좌우에는 호수가 깊숙이 들어와 있고 사방이 절벽으로 둘러싸여 섬은 아니라도 입구를 통하지 않고는 쉽게 접근할 수 없는 지형이다. 나선형으로

밤하늘의 별

비스듬히 난 길을 따라 그 고원으로 올라간다. 중간쯤의 공지에서 관광객들을 앉혀 놓고 가이드가 이곳 유물의 역사적 의미를 설명한다. 스페인 군대가 도착하기 반세기 전 잉카에 점령당했는데 이곳 씨유스따니는 그 이전부터 이곳에 살던 코야(Colla)족들의 지도자와 그 가족들이 묻힌 무덤이라는 것이 가장 확실한 학설이라고 한다. '출파(chulpa)'라고 부르고 있는 이 무덤 중 가장 큰 것은 높이 10여 미터에 이르는 거대한 석조 조형물이다. 지금은 대부분의 무덤이 도굴꾼들에 의해 훼손당했지만 몇 개의 무덤들은 보존과 복원을 통해서 아직도 그 위용을 뽐내고 있다.

가파른 절벽 길을 지그재그로 올라간 곳에서 가장 큰 무덤을 만났다. 진입로 위 절벽 가장자리에 웅장하게 우뚝 서 있었다. 거대한 벽돌로 쌓은 단 중 밑에 2단은 원형으로 남았고 위쪽으로 비스듬히 1/2 정도가 날아간 모양을 하고 있었으나 바닥보다 위쪽의 둘레가 더 커서 외부에서 쉽게 올라갈 수 없는 형태다. 원뿔이 땅속에 거꾸로 박힌 것 같다고 할까. 모르타르를 사용하지 않고도 얼마나 정확하게 쌓았는지 쿠스코 '꼬리칸차(Coricancha)'의 돌벽들처럼 돌과 돌 사이에 종이 한 장이 들어가지 않을 정도로 치밀하게 쌓았다. 표면은 아주 매끄럽게 다듬었고 군데군데 뱀이나 도마뱀을 돌을새김으로 새겨 석수장이의 솜씨를 자랑해 놓았다. 지진에도 쉽게 무너지지 않도록 거대한 벽돌들의 옆면 이음새를 요철로 딱 들어맞게 맞추어 놓은 점이 인상적이다.

　이 거대한 돌탑은 상하 두 개의 부분으로 나누어지는데 아랫부분이 더 크다. 아랫부분에 6단의 벽돌을 쌓았고 그 위에 20cm 정도 표면에서 돌출된 테두리 단으로 한 단을 쌓고 그 위에 조금 작은 벽돌로 4단을 쌓았다. 내부에는 사람 머리 크기의 천연 자갈들을 모르타르를 이용하여 돔 형태로 쌓아 영안실을 만들고 주검들을 안치시켰으며 그러고 난 뒤에 외부를 축조했던 것 같다. 그 당시 이곳에서는 순장의 풍습이 있었는지 이 영안실에서 어른과 아이들이 함께 포함되는 가족들의 미라와 가축들의 뼈도 부장품들과 함께 출토되었다고 한다. 모든 무덤이 거대한 크기에 비해 아주 작은 문들을 동쪽을 향해 만들어 놓은 것이 보이는데, 사람의 출입을 위한 것이 아니라 망자들이 태양과 교감할 수 있게 하기 위한 것이라고 한다. 그 당시의 풍습으로는 태양신과의 교감이 망자들에게도 매우 중요했던 모양이다.

　마지막 무덤들이 있는 반도의 남쪽 끝에서 바라다본 우마요 호수의 정경은 너무 아름다워 숨이 막힐 지경이었다. 한동안 할 말을 잊고 그저 멍하니 바라보고 있었다. 사후세계를 중요시하고 죽은 조상들에게 경외심을 가졌던 코야족들이 왜 이곳을 '망자들을 모시는 유택지'로 삼았는지 수긍이 갔다. 때마침 오른쪽으로 비스듬히 석양이 지고 있었다. 나무 하나 없는 대지의 울

가장 큰 출파 앞면

가장 큰 출파 뒷면

퉁불퉁한 모습이 체조복을 입은 여인의 육체처럼 적나라하게 드러나는 먼 산들을 배경으로 석양에 물든 섬 하나가 잔잔한 수면 위에 그림 같이 떠 있다. 섬의 형상은 이상할 만큼 고적하다 못해 거룩함을 품은 듯 성스러운 모습으로 다가온다. 원뿔을 예리한 칼로 정확하게 상부 4/5를 잘라내고 밑동 1/5만 남겨 놓은 듯 상부 표면이 호수 면처럼 매끄럽고 평평하다. 넘어가는 석양의 조명 아래 그 섬은 마치 외계인의 우주선 착륙장과 같은 장엄하고도 환상적인 분위기를 자아낸다.

안데스 전역에 흩어져 있는 잉카와 잉카 이전의 경이로운 석조 유물들과 비행기를 타지 않고는 전체 형상을 알아볼 수 없는 '나스카' 라인들을 두고 외계인의 흔적과 개입을 주장하는 학자들이 꽤 많이 있다고 한다. 청동기 도구밖에 없었던 그들이 어떻게 거대한 돌들을 그렇게 매끄럽게 잘랐으며 수십 톤의 무거운 돌들을 종이 한 장의 틈새도 없이 치밀하게 쌓았는지 불가사의한 일이라고 한다. 안데스 원주민 문화와 외계인과의 관계를 유추할 수 있는 또 하나 사실은 그들의 신앙이라고 주장하는 사람들이 있다는 점에서다. 스페인 정복 당시 안데스 원주민들의 의식 속에는 '비라코차(Viracocha)'라는 창조신의 재림에 대한 신앙이 남아 있었는데 그것이 바로 외계인의 재림을 기다리는 잉카인들의 인식이라고 주장하는 사가(史家)들도 있다고 한다. 페루 최초의 정복자 '프란시스코 피사로(Francisco Pizarro)'가 나타났

우마요 호수

을 때 페루 원주민 중에는 피사로 일행들을 비라코차의 재림으로 여겨 맹목적 복종으로 헌신한 원주민들도 있었다고 전한다. 피부가 하얗고 금발 머리카락에 체구가 건장하며 한 번도 본 적이 없는 괴이한 동물인 말을 타고 벼락같은 화승총을 쏘며 종횡무진 달리는 스페인 군대를 안데스 원주민들은 비라코차의 군대로 착각했을 것이라 쉽게 짐작이 간다. 비라코차의 재림을 기다리던 페루인들의 신앙도 '180어 명의 스페인 군대로 수만 명의 군사를 거느린 잉카제국을 무너뜨린 불가사의한 역사적 사실'의 한 원인이 되었을 것이라는 추측이 가능하다.

우마요 호수의 석양은 무척 아름다웠다. 호수 면에 비치는 환상적인 석양빛을 바라보며 안데스 원주민들의 창조신인 비라코차를 다시 한번 떠올린다. 이 세상을 창조하고 하늘에 태양과 달, 별 등을 창조했으며 인간들에게 많은 유익한 기술들을 가르쳐 주기도 하고 병자들을 치료해 주었으며 언젠가는 반드시 돌아오겠다는 약속을 남기고 태평양 바다로 걸어 들어가 홀연히 사라졌다는 비라코차가 정말 다른 행성에서 온 외계인이었을까? 아니면 18세기 어느 남미 가톨릭 성직자가 이야기했던 것처럼 중동에서 승천한 예수 그리스도가 안데스 지역에 다시 발현한 것일까? 안데스는 그 숨겨진 비경만큼이나 많은 신비로움을 지닌 장소임에 틀림이 없는 것 같다.

다섯 번째
여정_

신비함을
고이 간직한
마추픽추

세상의 배꼽, 쿠스코

가톨릭 국가인 페루에는 '베드로와 바오로의 축일' 기간이 찾아와 내게도 나흘간의 연휴가 생겼다. 모처럼 맞은 긴 휴일을 맞아 함께 근무하는 파견교사와 마추픽추를 여행하기로 했다. 마추픽추에 가려면 거점도시인 쿠스코를 경유해야 했다. 모케과에서 쿠스코로 가는 방법은 두 가지 있는데 다소 비용이 들지만 시간과 체력을 아끼기 위해 비행기를 이용하기로 했다. 마추픽추가 워낙 오지여서 쿠스코에서 그곳까지 도달하는 여정도 만만치가 않다.

잉카인들의 언어인 케추아어로 '세상의 배꼽'이라는 뜻의 쿠스코는 해발고도 3,400미터에 자리한 잉카제국의 수도로, 1983년 유네스코 세계문화유산에 지정되었으며 연간 관광객 수가 200만이 넘는 세계적인 관광 도시다. 마추픽추 관광의 거점도

쿠스코 시가지

시이기도 하지만 시내와 외곽 곳곳에 흩어져 있는 잉카제국의 유적지들이 많아 페루인뿐만 아니라 세계 곳곳에서 온 관광객들로 항시 북적이는 도시다. 호텔에 체크인을 하고 남는 오후 시간에 쿠스코 시내 관광을 하기로 했다.

제일 먼저 간 곳이 시내 중심에 자리한 꼬리깐차였다. 그곳은 잉카제국 당시 가장 중요하게 여겼던 장소로 태양신과 태양의 자손이라고 믿었던 잉카의 왕들이 선대왕들의 미라를 모셨던 신전이었다. 잉카인들이 그곳을 얼마나 중요한 장소로 여겼는지는 초기 스페인 정복자들이 그곳에서 약탈한 금이 약 2톤, 은이 6톤에 달했다고 하니 가히 짐작이 간다. '가르실라소 데 라 베가(Garcilaso de la Vega)'라는 정복 초기 시인이자 역사가의 기록에 따라 꼬리깐차에서 나온 황금 물품들을 열거해 보면 보석들이 박힌 거대한 황금 원반(태양을 상징하는 디스크와 빗살 모양들로 아르헨티나 국기에 그려진 태양 모양), 7명의 선조 잉카 미라가 앉아 있던 황금 의자와 그들을 치장한 마스크, 팔찌, 목걸이, 허리띠 등 그리고 태양과 선조 미라들을 모신 방을 도배했던 금으로 된 판자들, 제사를 지내는 신녀(mamacona)들의 제사 도구들, 이외에도 신전 앞의 성스러운 정원을 장식한 나무(인조 나무의 가지는 은으로 만들고 나뭇잎은 금으로 만들어 붙임)와 금으로 도금한 실물 크기의 야마, 비쿠냐 등의 동물 돌조각상들이 있었다고 한다. 그 이후 야만적인 미신에 사로잡힌 안데스 인디언들을 가톨릭 교화시킨다는 미명으로 스페인 사람들은 안데스 전역에 걸쳐 산재한 잉카의 신전들을 약탈하고 허문 뒤 그 돌로 만든 기초 위에 가톨릭 성당들을 짓기 시작했다. 참으로 아이러니가 아닐 수가 없다. 지진이 무서워 잉카 신들을 모시는 신전의 든든한 돌 기초 위에 그들의 신전인 성당을 건립했다고 하니 그들의 신인 하나님에 대한 온전한 믿음은 도대체 어디로 갔단 말인가.

우리나라 가톨릭 초기 순교자들은 신앙을 지키기 위해서 생명을 버렸다면, 안데스 원주민들은 생명을 지키기 위해서 마지못해 가톨릭을 택했다. 오늘날 변질되고 왜곡된 안데스 지역의 가톨릭에 대한 원인설명을 여기서부터 시작할 수 있지 않을까 생각한다. 토속신앙인 '파차마마(Pachamam: 대지와 시간을 관장하는 풍요의 여신)'가 성모와 동일시되어 마을마다 숭배하는 파차마마의 상들을 성당에다 모셔야 하고 아푸 산신제를 성당에서부터 시작해야 하는 등 토속신앙과 혼합되어 행해지고 있는 오늘날 안데스 지역의 가톨릭 신앙을 어떻게 볼 것인가? 어찌 보면 당연한 귀결이라고 말할 수 있을 것이다. 그들의 약탈과 착취행위를 정당화시키기 위해 예수님 말씀인 성서는 전하지 않고 마리아에 대한 숭배, 미사 전례 의식 등 사람들이 만들어 온 교회의 전통들만을 전파하려고 했던 스페인 사람들의 가식적이고도 온전치 못한 가톨릭 교화가 키워 온 업보라고밖에 달리 표현할 길이 없다.

삭사이와망

　그다음으로 간 곳이 '삭사이와망(Sacsayhuaman)'이었다. 쿠스코 시가지가 한눈에 내려다보이는 북동쪽 언덕 위에 자리해 있는 '삭사이와망'은 아직도 풀리지 않는 수수께끼를 품은 흥미진진한 유적이다. 식민지 시대 쿠스코로 전입해 온 스페인 사람들은 그들의 저택과 성당을 건축할 때 여기 삭사이와망의 돌들을 뜯어내어 사용했다. 하지만 대다수가 너무 거대해 옮길 수 없었다고 한다. 제일 위쪽에 있는 비교적 작은 돌들만 훼손되어 그나마 현존하는 '삭사이와망'이라는 장엄한 유적들을 우리가 대면할 수 있는 것이라고 한다.

시내 투어를 끝내고 중앙광장으로 향했다. 광장은 중앙에 파차쿠텍 동상 분수대를 중심으로 직사각형 형태로 펼쳐져 있다. 동쪽 높은 곳에는 고색창연한 쿠스코 대성당(Cusco Cathedral)이 우뚝 솟아 있고 남쪽에는 예수회 교회(Church of the Society of Jesus)가 역시 고태미를 풍기며 당당히 서 있다. 동쪽과 북쪽에는 식민지 시절 건설했을 법한 1층 회랑형태의 복도와 베란다를 가진 2층 건물들이 들어서 있는데 중세시대 유럽 도시들에서 볼 수 있는 형태였다. 쿠스코 대성당 오른편으로 나 있는 '승리 골목(Calle de Triunfo)'으로 많은 관광객이 몰려가기에 나도 따라가 보았다.

12각 돌(Twelve Angled stone)은 쿠스코 광장에서 150미터 동쪽으로 떨어진 쿠스코 대주교 궁전 외벽에 박혀 있는 돌이다. 이 돌이 유명하게 된 것은 이 돌이 잉카인들의 우수한 돌 축조기술을 상징적으로 보여주는 대표적인 유적이기 때문이다. 높이 1미터, 길이 1.2미터, 무게 약 6톤으로 추산되는 화산암의 일종인 섬록암을 정교하게 다듬어 12개의 꼭짓점으로 생기는 12개의 면에 다른 돌들을 딱 들어맞게 축조했다. 축조 당시 모터 동력이 없었다는 것은 말할 것도 없고 철기도 아닌 고작 청동기

쿠스코 승리거리 골목

12각 돌

도구로 틈새에 종이 한 장을 들어가기 어려울 만큼 치밀하게 돌을 쌓았다는 사실이 경이롭기만 하다. 특히 화산폭발이나 지진이 심한 안데스 지역에서 선진 문명이라고 자부했던 스페인 기술로 쌓은 성당들은 모두 허물어져 내리는데도 불구하고 허물어지기는커녕 조금도 벌어지거나 뒤틀리지 않고 버텨왔다는 것은 놀랄만한 일이다. 12각이 예수의 열두 제자를 나타내는 것이라며 '12각 돌'을 천주교와 관련시켜 원주민들의 가톨릭 개종을 독려하는 성직자들도 있었고, 1년의 12개월과 연관지어 하늘의 운행을 설명하려는 시도가 있었다고도 전해지지만, 역사학자와 전문가들은 그 12각에 아무런 의미가 없다고 말한다. 10각의 돌들은 잉카유적에서 많이 발견되고 있고 꼬리깐차에서는 15각, 20각의 돌까지도 발견되었다고 한다. 그러나 다른 어떤 특별한 의미는 없을지라도 12각 돌은 300년간 억눌린 삶을 살아왔고 지금도 백인에 비해 가난하고 비참한 삶을 사는 안데스 원주민들에게는 안데스의 자존심을 세우는 그 어떤 상징물이 아니었을까 싶다.

잉카의 영원한 공중도시

마추픽추로 오르는 버스표를 사고 나서 긴 줄을 서서 기다리고 있다가 셔틀버스를 탔다. 버스는 빠르게 흘러가는 강물을 따라 좁고 깊은 우루밤바 강 계곡의 오른쪽으로 난 도로를 얼마간 가더니 조그만 다리를 건넌다. 그리고 울창한 밀림 속으로 난 지그재그의 급경사 길을 한참 올라간다. 차창 밖 밀림 수풀 사이로 언뜻언뜻 보이던 발아래 계곡이 점점 멀어진다. 마추픽추 맞은편 산인 '뿌뚜꾸시(Putucusi)'는 완전히 암석으로 된 거대한 바위 절벽 산이다. 높이 올라갈수록 그 암산의 모습이 사뭇 달라진다. 계곡 바닥의 집들이 개미만큼 작아 보일 정도로 높이 올라오고 나서야 마추픽추 입구가 나온다.

마추픽추 입구는 산의 2/3 부분 높이의 가파른 비탈에 마련한 좁은 공간으로 한 개의 숙박 시설과 몇 개의 상점들이 있으

암산 뿌뚜꾸시

며 입구는 위쪽에, 출구는 아래쪽에 자리하고 있었다. 안내자
가 일러준 대로 입구에서 갈색 깃발을 든 가이드를 찾아갔다.
이름이 '빅토르(Victor)'라고 한다. 입구에 들어서자마자 돌 절벽
에 '하이럼 빙엄(Hiram Bingham)'에 대한 감사 문구가 새겨져 있는
장소가 나온다. 하이럼 빙엄은 역사학자로 1911년에 마추픽추
를 세상에 처음 알린 미국 예일대학교 교수다. 그가 마추픽추를

발견하기 전인 1867년에 독일의 사업가인 '아우구스토 베른스 (Augusto Berns)'가 먼저 발견했다는 설도 있다. 하이럼 빙엄이 마추픽추를 발견하게 된 사연은 이러하다.

마지막까지 스페인 정복자들을 괴롭혔던 뉴잉카제국의 수도인 잃어버린 도시 '비트코스(Vitcos)'의 유적을 찾기 위해 하이럼 빙엄은 예일대학교 탐험대를 이끌고 우루밤바 강을 따라 탐험하고 있었다. 탐험대가 '와이나픽추(Huayna Picchu)'산 바로 아래 강의 맞은편인 '만도르 팜파(Mandor Pampa)'에 머무를 때 현지 농부이자 숙소 제공자인 '아르테아가(Arteaga)'로부터 아주 훌륭한 잉카의 유적이 와이나픽추산 위 수풀 속에 있다는 말을 듣게 된다. 그다음 날인 1911년 7월 24일에 빙엄과 그의 부관 '까라스코(Carrasco)'는 아르테아가의 인도로 우루밤바 강의 통나무 다리를 건너 와이나 픽추산에 올랐다. 그 산 능선 위에서 마추픽추 유적 일부분인 계단식 농지에서 농사를 지으며 살고 있었던 두 원주민 가족 '리차르테(Richarte)'와 '알바레즈(Alvarez)' 가족들을 만났다. 그들은 4년 전에 이곳으로 들어와 수풀로 뒤덮였던 몇 개의 계단식 농지를 깨끗이 개간해 농사를 지으며 살고 있다고 했다. 그리고 알바레즈의 11살 먹은 아들인 빠블리또(Pablito)가 밀림 속에 '버려진 공중도시'가 있다고 알려준다. 그들은 빠블리또의 안내로 마추픽추의 주요 유적지 언저리 일부에 도달할 수 있었다. 그들은 빽빽하게 들어찬 수풀 때문에 마추픽추 전체의 모습을 알아볼 수는 없었지만 우거진 수풀 속에서 여태 다른 유적지에서는 볼 수 없었던 정교하고도 세련된 돌 건축물들 몇 개를 확인한다. 하지만 찾고 있던 뉴잉카제국의 수도로 판단할 근거가 부족했다고 한다. 이곳 석조건물들은 돌 하나하나를 세심하게 다듬고 연마했을 정도로 대단히 정교하고 세련되어 스페인군에게 쫓겨난 잉카인들이 짧은 시간에 건설한 비트코스의 유적이라고 판단할 수가 없었던 것이다. 그 유적들의 정체와 용도에 대한 의문을 품은 채 탐험대는 강 하류로 비트코스 발굴 탐험을 계속해 나갔다. 강 하류에서 비트코스라고 확증할 수 있는 유적지를 발견한 빙엄은 마추픽추에 대한 의문을 풀기 위해 1912년, 예일대학교와 내셔널 지오그래픽 회사의 후원을 받아 다시 발굴을 시작했다. 그 당시 페루 대통령이었던 '레기아(Leguia)'의 전폭적인 지지로 원주민들의 노동력을 이용해 4개월간 수풀 제거 작업을 진행했다. 그리고 1914년과 1915년에 계속해서 발굴하여 잃어버린 잉카의 수도를 다시 찾았다고 전 세계에 알리게 되었다. 하지만 마추픽추는 처음 알려진 것처럼 '잃어버린 잉카의 수도'가 아니라 잉카제국의 제9대 왕인 '파차쿠티' 왕(1438~1472)의 겨울 체류 도시로 1450년경에 완성되었다는 것이 고고학자들의 연구 결과 정설로 밝혀졌다. 고도 3,400미터에 달하는 쿠스코보다 마추픽추는 고도가 약 1,000미터 정도 낮아 겨울 기온이 비교적 온화하며 가파른 고산과 강으로 둘러싸여 신령한 기운이 모여드는 성스러운 곳이다. 이곳에서 파차쿠티 왕은 겨울 한철 동안 종교적인 의식에 집중하는 생활을 함으로써 몸과 마음을 단련했던 것 같다.

파차쿠티 왕은 원래 왕위계승자가 아니었다고 한다. '꾸시(Cusi)'라는 이름을 가진 평범한 왕자 중의 하나로 부왕인 '위라코차(Huyracocha)' 왕의 미움을 받아 왕궁에서 살지 못하고 멀리 시골로 쫓겨나 고산지대에서 야마와 알파카들을 기르는 목장에서 목동의 임무를 맡아 살고 있었다. 그런데 '창카족' 연합세력의 대군이 쿠스코로 쳐들어왔을 때 부왕인 위라코차 왕과 우르코 왕위계승자를 포함한 모든 왕족과 귀족들이 쿠스코를 포기하고 우루밤바 강 계곡의 '칼카(Calca)'로 도망갔을 때 파차쿠티는 분연히 쿠스코로 돌아와 인근 부족들을 규합하여 창카족들과의 불리한 전쟁을 대승리로 이끌었다고 전해진다. 파차쿠티는 그 당시에도 불세출의 영웅이었고 잉카제국의 가장 위대한 왕이었지만 마추픽추의 막대한 연간 입장 수입과 그곳과 관련된 사업들이 페루 경제에 미치는 영향을 생각할 때 지금도 페루 사람들이 가장 고마워해야 할 조상임에는 틀림없는 것 같다.

입구에서부터 붐비는 인파에 떠밀리다시피 산비탈을 가로질러 난 평평한 길을 얼마간 걸어 들어가니 위아래에는 돌로 축조된 계단식 밭들이 주위에 가득하고 앞쪽 멀리 돌 벽돌로 된 건축물들이 보이기 시작한다. 그리고 돌 유적들 그 너머에는 와이나픽추 산이 우뚝 솟아 그 위용을 자랑하고 있다. 하지만 그곳으로 곧장 가지 않고 왼쪽 산비탈을 오르는 돌계단 급경사의 길을 한참 올라간다. 이 코스가 관광객들이 일반적으로 관람하는 코스인 모양이다. 얼마를 올라왔을까? 뒷산 8부 능선 쪽으로 나 있는 비교적 넓은 주도로와 만난다. 잉카시대 잉카 왕이 가마를 타고 지날 수 있도록 만든 도로인 것 같다. 그 도로를 가로질러 다시 비스듬히 계단을 올라간다. 이윽고 돌계단 길에서 오른쪽으로 벗어나 넓은 계단식 밭인 공지로 방향을 튼다. 계속 위로 길을 따라가면 주도로와 다시 만나 마추픽추의 또 다른 입구인 '태양의 문(Inti-Punku)'으로 이어진다고 한다. 뒤를 돌아 그곳을 보니 멀리 뒷산 능선에 길이 아스라이 보이고 오르는 사람들도 더러 보인다. 오른쪽으로 들어서자 그곳에는 망루처럼 보이는 마른 풀로 지붕을 이은 디근자 벽체의 건물 한 채가 테라스의 오른쪽 끝에 우뚝 서 있다. 이 건물이 이곳의 접근을 감시한 망루로 지어진 초소용 건물이라고 한다. 마추픽추 전경을 내려다볼 수 있고 좌우 우루밤바 강물까지 그리고 멀리 와이나픽추까지도 조망이 가능한 곳이다. 이곳에서 전경을 바라보니 왜 마추픽추를 공중의 도시라고 표현했는지 이해하게 된다.

망루가 있는 높은 테라스에서 내려다보니 유적은 남쪽 마추픽추 산기슭의 경사면 지역과 북쪽 와이나픽추산 입구까지의 비교적 평평한 지역으로 구성되어 있다. 먼저 마추픽추산 쪽 경

남쪽 망루 아래에서 바라본 와이나픽추

사 지역은 농경지 테라스 지역과 건물들이 있는 시가지 구역으로 나누어지는데 그사이에는 돌계단의 통로와 돌 성벽이 아래에서부터 정상까지 길게 구획을 갈라놓았다. 시가지 지역은 다시 몇 단의 테라스들로 상부와 하부로 구분해 놓았다. '아난(Hanan)'이라고 부르는 상부에는 제사를 지내는 신전들과 왕족들의 주거시설이 위치한 가장 중요한 지역이고 '우린(Hurin)'이라고 부르는 하부시설들은 귀족들의 주거시설들이라고 한다. 마추픽추산 쪽 경사 지역과 평평한 지역 사이에는 넓은 수로가 나 있고 그 수로를 따라 돌계단이 아래에서 정상에 있는 '성스러운 광장'으로 이어진다. 평평한 지역은 북서쪽에서 동남쪽으로 나 있는 중앙의 넓은 잔디광장들을 사이에 두고 동쪽의 주거와 공방 건물 지역과 서쪽의 '인띠와따나'가 있는 봉우리와 '성스러운 광장'에 접해 있는 신전 건물 지역으로 나누어진다. 건물이 있는 지역의 좌우 양쪽 아래에는 많은 테라스가 경사를 이겨내고 들어서 있다.

테라스들의 합산 총면적은 축구장 12개 넓이에 달한다고 하는데 두 가지의 목적으로 만든 것 같다. 왼쪽인 서쪽은 아주 급경사에 만든 테라스들로 서로의 연결통로가 없이 대단히 좁아 산사태와 침식을 방지하는 목적인 것처럼 보이고, 오른쪽 마추픽추 산비탈 지역은 경사가 비교적 완만하여 좀 더 넓은 테라스들로 모두 농경지의 용도인 것 같았다. 동남쪽의 모든 농경지 테라스들은 시가지와의 경계에 만들어진 중앙돌계단 통로로 연결되어 있고 창고로 보이는 건물 몇 채가 오른쪽 끝에 서 있다. 조사에 의하면 이곳의 농경지 테라스들은 단순히 경사지에 축대를 쌓아 산 흙을 채워 만든 것이 아니라 축대를 쌓고 제일 밑에는 큰 바위, 중간에는 자갈들로 채우고 그 위에 점차로 작은 돌과 모래를 채우고 가장 표층에는 강바닥에서 가져온 보

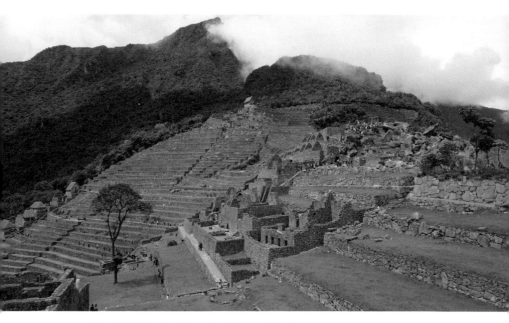

중앙잔디광장에서 바라본 마추픽추 봉우리와 망루

마추픽추산 동쪽 비탈 농경지 테라스

드라운 펄로 된 흙을 채웠다. 작물의 생산성을 높이고 배수성도 고려한 고도의 기술이 집약된 테라스들이라고 한다.

　망루가 있는 테라스 왼쪽 끝에 시가지 구역으로 내려가는 좁은 길이 나 있다. 왼쪽 옆은 급경사의 절벽에 좁은 테라스들이 발밑으로 여러 층을 이루며 나 있고, 멀리 절벽 아래 우루밤바 강 옆으로 난 철로에 열차 한 대가 마치 기어가는 벌레처럼 느릿느릿 움직이는 게 보인다. 갑자기 강에서부터 짙은 안개가 스멀스멀 올라오더니 이내 와이나픽추를 삼켜버리고 시가지의 중앙잔디광장과 유적건물들도 시야에서 모두 지워버리는 하얀 운해가 삽시간에 펼쳐진다. 마추픽추는 그의 속살을 내게 보이기가 너무 부끄러운 걸까? 나도 내려가다 말고 잠시 멈춰 서서 심호흡과 함께 경건한 마음으로 주위를 살펴본다. 동쪽 강 건너 뿌뚜꾸시 암산 너머의 높은 준령들 위로 태양은 맑게 비추고 있는데 흰 구름이 마추픽추를 덮어버렸다. 신비하고도 신성한 기운이 주위에 가득 찬다.

서쪽 테라스와 우루밤바 강

태양을 잡아두는 인띠와따나

구름 속에서 신비감에 사로잡혀 주위를 살피는 시간도 잠시였다. 흰 구름은 일순간 사라지고 하늘은 언제 그랬냐는 듯이 시치미를 뚝 떼며 깊이를 알 수 없는 오묘한 푸른 미소로 변한다. 이내 맑은 태양 빛으로 가득 찬 마추픽추의 고색창연한 유적들이 발아래 파노라마처럼 펼쳐지고 멀리 와이나픽추 중턱에 삽화인 듯 흰 구름 한 자락이 걸쳐진다. 서쪽 좁은 계단식 길을 따라 얼마간 내려와서 테라스 하나를 가로질러 다시 동쪽 끝에 난 계단을 내려간다.

다시 얼마를 내려가니 시가지로 들어가는 입구인 석문과 시가지와 농경지 테라스 지역을 나누는 경계인 성곽이 나온다. 모든 잉카의 돌 유적들처럼 대단히 세련되게 다듬은 큰 돌들을 정교하게 조립하고 작은 돌을 그 위에 쌓아 만든 사다리꼴 석문

구름이 걷히는 마추픽추 유적

이 성벽 중간에 뚫려 있다. 많은 사람이 사진을 찍기 위해 멈추는 바람에 행렬의 흐름이 일순간 정체된다. 성벽 문을 통과하고 좌우 시가지 건물들 사이의 돌담 골목길을 조금 가니 왼쪽 산비탈에 자연석 바위들이 많이 모여 있는 장소가 나타난다. 이곳이 마추픽추의 유적건물에 사용된 돌들을 채석했던 장소였던 것 같다. 다듬다가 그만둔 돌들도 천연이끼를 덮어쓴 채 더러 보인다. 채석장에서 조금 내려가니 상당히 넓은 공지가 나오는데 이

망루 아래에서 내려다본 성스러운 광장과 인띠와따나

마추픽추 채석장

곳을 '성스러운 광장(Sagurado Plaza)'이라고 부른다고 한다. 이곳은 서쪽 절벽이 많이 들어와 있는 곳으로 서쪽 아래가 잘 보이고 동쪽으로는 아래로 많은 건물이 몇 개의 층을 이루며 열을 지어 서 있고 광장 동쪽 끝에 계단 통로와 넓은 수로가 아래로 내려간다.

중심사원 바로 오른쪽에 '3개의 창문 사원(Three Windows Temple)'이 동쪽을 향해 역시 디귿자 벽면 형태로 서 있다. 양쪽에 한 개씩의 벽감과 중앙에 정교한 3개의 사다리꼴 창문을 동쪽 벽면에 두고 그 앞에는 제단으로 보이는 커다란 돌들이 성스럽게 위치하는 형태이다. 사다리꼴은 잉카인들이 가장 완벽한 구조라고 믿었던 도형이다. 잉카인들의 사다리꼴에 대한 믿음은 대단했던 것 같다. 수많은 잉카유적의 크고 작은 문과 창문 그리고 벽에 만든 벽감들이 직사각형은 없고 모두 사다리꼴이다. 잉카문화를 상징하는 대표적인 문양이 사다리꼴이라고 해도 지나친 주장이 아닐 것이다. 지진이 잦은 안데스 지역에서 사다리꼴이 직사각형보다 좀 더 견디는 힘이 견고해서 생겨난 믿음이라고 추측해 본다. 창문들이 모두 동쪽 면에 위치하기에 일출과 어떤 관계가 있을 것이라는 짐작을 가능케 하는 구조다.

왜 하필 3개의 창문일까. 잉카인들의 의식에는 3개의 세상이 존재했다고들 한다. 먼저 태양, 달, 별, 천둥과 번개의 신들이 존재하는 천상의 세상인 '아난 파차(Hanan-Pacha, Upper World)', 그리

고 대지의 여신(Earth Mother)인 파차마마(Pachamama)가 지배하는
두 세상 중 하나인 지상의 세상, '까이 파차(Kay-Pacha, Outer Earth)'
와 다른 하나인 지하의 세상, '우뀨 파차(Ukju-Pacha, Inner Earth)'
가 그것들이다. 각 세상을 상징하는 동물들도 그들의 의식에 존
재했는데 천상의 세상은 '콘도르', 지상의 세상은 '퓨마', 지하
의 세상은 '쎄르삐엔떼(Serpiente, 뱀)'들이었다. 그리고 이 세 가
지의 세상들을 서로 연결을 해 주는 존재인 '씨와르 껜띠(Siwar
Quenti)'라는 영령을 믿었는데 그것을 상징하는 동물이 '꼴리브
리(Colibri, 벌새)'라고 잉카인들은 믿고 있었다. 여기 이 '3개의 창
문 사원'도 이러한 잉카인들의 의식세계들과 관련 있는 종교적
인 의례를 행했던 장소였던 것 같다.

중심사원 뒤쪽으로 난 조그마한 동산으로 올라가는 길을 따
라 오르니 마추픽추 유적 중에서 가장 높은 곳에 있는 '인띠와
따나(Inti-Watana)'가 있는 곳이었다. 케추아어로 '인띠(Inti)'는 '태
양'이고, '와따(Wata)'는 '잡아둔다'라는 뜻이며, '나(na)'는 '도구,
장소'라는 의미라고 한다. 즉 '태양을 잡아두는 장소'라는 뜻이
다. 아직도 그 정확한 용도를 밝혀내지 못하고 있다. 하지만 태
양의 그림자로 시각과 계절을 측정하는 일종의 해시계 그리고
그와 관련된 종교적인 상징의 역할을 했을 것이라는 해석이 가
장 설득력이 있는 것 같다. 안데스 고산지대에서의 태양의 역할
은 절대적이다. 세상을 밝혀 인간 생활을 가능케 하며, 또한 온

돌을 갈아 세밀하게 만든 세 개의 창문사원

기를 발산하여 세상 만물을 활기차게 만들고, 모든 작물의 결실을 거두게 하는 힘의 근원이 되는 존재다. 안데스 고원지대에서 밤을 지새워 본 사람들은 그 절실함을 온몸으로 느낄 수 있게 될 것이다. 이렇게 절대적인 존재가 차츰 사라지고 있을 때 다시 불러오는 능력을 많은 백성 앞에서 보여줌으로써 잉카 왕은 백성들을 지배할 수 있는 권위를 얻었고 지속적인 권위를 갖게 되었던 것으로 보인다. 인띠와따나는 가장 높은 곳에 자리해 전망이 대단히 좋았다. 북쪽으로 솟아 있는 와이나픽추를 바라보고 왼쪽인 서쪽은 절벽으로서 좁은 테라스를 몇 개 만들어 놓았고 그 아래 멀리 우루밤바 강물이 굽이쳐 흐르는 것이 선명하게

성스러운 광장에서 내려다본 우루밤바 강과 테라스

인띠와따나

보인다. 오른쪽인 동쪽은 바로 아래로부터 7~8개 좁은 테라스가 내려간 곳에 자리한 넓은 중앙잔디광장에 야마 몇 마리가 풀을 뜯고 있었다. 두 개의 테라스를 올라간 맞은편 둔덕에는 지붕은 없고 돌 벽체들만 남아있는 여러 채의 건물들이 고색창연한 미를 풍기며 서 있으며 그 너머 우루밤바 강 계곡 건너에는 고산준령들이 마치 병풍처럼 둘러쳐져 있었다.

올라온 길의 반대편에 동산을 내려가는 계단이 있었다. 그 계단을 나선형으로 돌아 내려오니 왼쪽에는 조그만 봉우리인 '우냐픽추(Uña Picchu)'가 아담하게 서 있고 앞쪽 멀리 '와이나픽추'가 높게 솟아 있다. 길은 아까 헤어졌던 중앙잔디광장 서쪽으로 난 길과 다시 만나 중앙잔디광장을 가로질러 맞은편 테라스 돌담 밑으로 난 길로 이어지게 된다. 얼마간 길을 따라가면 비교적 넓은 공터에 다다르게 되는데, 디근자 벽체에 풀로 지붕을 이은 두 개의 삼면건물 '와이라나스(Huayranas)'가 마주 보고 서 있었고 중간 마당 안쪽 끄트머리에 다듬은 돌 벽돌로 주위를 둘러친 '성스러운 바위(Roca Sagurado)'가 세워져 있다.

성스러운 바위 왼쪽 옆으로 조금 들어가니 푸른 숲으로 에워쌓인 '와이나픽추' 입구가 나온다. 이곳은 오전 7시와 10시 두 차례만 하루 400명에 한해 입장할 수 있다고 한다. 미리 인터넷으로 신청하여 허가를 받는다고 하는데 이미 수천 명이 대기 상태라 몇 달이 걸려야 겨우 입장 허가를 받을 수 있다고 한다.

인띠와따나에서 바라본 우냐픽추와 와이나픽추

'젊은 봉우리'라는 의미의 와이나픽추는 마추픽추 도시의 부수적인 종교의례를 거행했던 특별한 장소였던 것 같다. 정상을 넘어 반대편 절벽 동굴에는 '달의 신전'이 있다고 하는데 구전에 의하면 잉카제국 시절, 제사를 지내는 신녀들(Mamacona)이 밤새 '달의 신전'에서 의식을 행하고 동이 틀 무렵 급경사를 내려와 마추픽추로 돌아오곤 했었다고 전해진다. 올려다보니 까마득한 중턱 능선에 사람들이 마치 작은 개미들의 움직임처럼 보인다.

아마도 성스러운 바위가 마추픽추 관람 코스의 반환점인 것 같았다. '성스러운 바위' 뒤를 돌아 유적지의 동쪽 끝인 울창한 숲과 시가지 경계선으로 난 길을 따라 남쪽으로 얼마간 되돌아 가다가 다시 서쪽으로 시가지를 가로질러 '중앙잔디광장'이 내려다보이는 테라스 위의 길을 걷는다. 오른쪽으로 잔디광장 건너편 7~8개 정도의 테라스 위에 조금 전에 지나친 '인띠와따나'가 보인다. 이곳에도 많은 건물이 지붕 없이 돌벽만 남아 세월을 이겨낸 신비한 매력을 풍기고 있었다. 신전 건물처럼 크고 세련되게 갈아 다듬은 돌들은 아니지만 자그마한 돌들을 벽돌처럼 만들어 모르타르도 사용치 않고 차곡차곡 쌓아 굴곡이 없는 반듯한 면을 만들고 거의 1미터의 두께로 높은 벽을 만든 그 기술에 감탄이 절로 난다. 벽체의 높은 곳에는 지붕을 이을 때 서까래나 대들보를 고정하는 용도로 지름 10센티미터 정도의 원주형 돌을 함께 쌓아 벽면에서 바깥으로 30센티미터 정도 돌출되도록 해 놓은 점이 이채로웠다.

어느새 오후 2시가 다 되어간다. 시장기를 느껴 싸온 샌드위치를 먹으려고 중앙잔디광장이 내려다보이는 길옆 잔디밭으로 갔다. 잔디밭에는 야마 한 마리가 풀을 뜯고 있었다. 오랜 시간 동안 관광객들과 친숙함을 쌓았는지 가까이 가서 만져도 도망가지 않는다. 야마의 눈이 얼마나 순해 보이는지 바라보고 있으

우나픽추 앞 잔디밭

면 스페인 백인들에게 멸시와 핍박을 당하면서도 순박하게 삶을 이어가는 안데스 원주민들의 천진한 삶과 비슷하다는 느낌이 든다.

왜 마추픽추에는 유독 테라스가 더 많은 것일까? 물론 자연적인 경사를 이기고 더 많은 땅을 활용하려는 목적이었을 것이다. 하지만 농경지가 아닌 주거지역과 종교시설지역에도 수많은 테라스가 존재하는 이유는 자연적인 경사를 활용하는 측면 외에도 그들의 생활과 종교의식 활동에 각 계층을 구분 짓는 엄격한 신분제도가 있었음을 나타내준다. 왕족과 귀족 중에도 왕과의 직접적인 혈연관계의 원근에 따라 여러 계층이 존재했다고 한다. 왕족과 귀족 그리고 평민과 노예의 신분과 계층에 따라 주거도 구분되고 집단종교의식에 참여하는 자리도 엄격히 구분되었던 것 같다. 각 신분에 따라 서로 다른 테라스에서 경건하게 참여하는 잉카인들의 종교의식을 상상하며 길옆 잔디밭에서 간단한 점심을 먹었다.

마추픽추의 꽃, 태양 신전

남쪽으로 향한 좁은 돌담 골목을 꼬불꼬불 따라 들어가니 많은 사람이 모여 가이드의 설명을 듣고 있다. '콘도르 사원(Templo de Condor)'이라고 한다. 콘도르 사원은 마추픽추의 수많은 건물 중 자연 바위를 가장 잘 이용한 창의적인 구조의 신전이라고 역사가들이 평가한다. '콘도르'가 비상시 가장 힘찬 날갯짓을 할 때 날개를 모았다가 힘차게 펼치는 형상인 70~80도 각을 이룬 두 날개 모양의 자연 암석 위에 돌 벽돌을 쌓아 올려 건물을 짓고 그 날개 모양 암석 바로 앞바닥의 반석을 평평하게 갈아 삼각형의 새가슴과 머리를 만들고 그 끝에 콘도르의 부리 모양과 눈을 음각으로 새겨 놓았다. 부리 앞에는 반원 모양의 자그마한 반석 두 개를 안쪽을 가느다랗게 파내고 부리 모양을 따라 V자로 이어놓았다. 그곳이 제단인 것 같은데 앞에서 바라보면 설명을 하

콘도르 신전의 자연석 날개

콘도르 부리 모양 제대

지 않더라도 누구나 쉽게 콘도르를 연상할 수 있는 모양이다. 날개 위쪽도 아래쪽에도 자연 바위 형태에 맞추어 돌을 쌓은 모양이 아주 이색적이고도 훌륭하다.

건물 골목길을 남쪽으로 벗어나니 중앙잔디광장에서 이어지는 마지막 바로 전 테라스가 나오고 그 끝부분은 수로와 나란히 나 있는 돌계단 길과 만난다. 아래에서부터 정상의 성스러운 광장까지 길게 이어지는 돌계단 길옆에 너비 3미터 정도의 상당히 넓은 수로가 만들어져 있다. 수로의 역할뿐만 아니라 전쟁 시 해자 역할까지 겸한 용도인 것 같다. 도랑 양옆에는 경사를 따라 돌로 정교하게 높이 2미터 이상의 벽을 쌓았고 도랑 바닥에 반석들을 깔고 그 반석에 홈을 파서 수로를 만들었다. 제일 위쪽의 태양 신전과 잉카 왕의 처소가 있는 테라스의 돌샘에서부터 직각으로 떨어지는 인공 폭포형식의 샘 15개를 차례로 만들어 놓았다. 물은 U자형 돌 홈으로 흐르다가 돌 절벽으로 떨어져 작은 돌확에 잠시 고였다가 다시 흐르게 설계되어 있다. 가장 위쪽에 잉카 왕과 태양 신전에 사용할 샘을 시작으로 각 신분에 따라 사용할 샘들을 차례로 만들었던 것 같다. 주거시설들과는 달리 세련되게 다듬은 돌들만 사용한 것으로 보아 용수의 목적 외에도 잉카인들이 '빠리아까까(Pariacaca)'라고 부르는 '물의 신'에게 종교의식을 치르는 장소이기도 했던 것 같다. 잘 발달한 수로와 관개시설은 잉카 문명의 가장 큰 특징으로 어떤 다

잉카의 수로

른 문명과 견주어 봐도 우수하다는 전문가들의 견해를 책에서 읽었는데 그 현장을 눈으로 직접 확인해 보니 더욱 놀랍다.

중앙잔디광장들도 농경지 테라스들 못지않게 물 빠짐이 잘 될 수 있도록 가장 아래에서부터 큰 바위를 깔고 차례로 크기가 작은 돌들로 메우고 상부에는 자갈과 모래를 깔았다고 한다. 각 테라스나 중앙잔디광장 하부에는 스며든 물이 나오는 구멍이 뚫려 있으며 모두 중앙수로로 흘러들도록 설계되어 있다. 해발 2,400미터의 고도에서 삼면이 400미터 이상의 가파른 절벽으로 둘러쳐진 능선 위에 사람들이 오랜 세월 동안 살아갈 주거지와 종교 시설들을 조성하는 일은 현대의 기술로도 매우 어려운 일이다. 청동기 도구밖에 없었던 잉카인들이 수많은 돌을 자르고 갈아 만든 주도면밀한 수로, 관개, 배수시설에 새삼 놀라움을 금할 수가 없다.

마지막 '마추픽추의 꽃'이라고 불리는 '태양의 신전(Templo de sol)'으로 가기 위해 수로 옆 계단 통로를 따라 위로 올라간다. 계단 길과 수로의 첫 번째 샘을 사이에 두고 태양의 신전과 잉카 왕의 처소는 서로 마주 보고 있었다. 수로는 태양의 신전 바로 위쪽으로 테라스와 평행하게 시가지로 흘러들어와서 직각으로 방향을 틀어 아래로 내려간다. 그 직각 부분은 큰 돌을 많이 쌓아 사람들이 다닐 수 있는 다리와 길을 만들어 마치 돌 절벽 가운데에서 나오는 천연 샘처럼 되어 있다. 그 다리를 건너 태양

태양의 신전

의 신전으로 들어간다.

　태양은 안데스 고원 원주민들에게는 절대적인 존재이며 잉카 왕의 조상이기도 하다. 쿠스코에 있는 태양의 신전인 꼬리깐차처럼 이곳 태양의 신전도 마추픽추 유적에서 가장 중요한 곳으로 설계되어 있다. 건물 구조가 벌써 입구부터 다르다. 다른 건물들보다 돌 벽돌을 더 매끄럽고 세밀하게 다듬은 점은 물론이거니와 다른 신전 건물들은 모두가 삼면 벽체 건물들로 한쪽 면이 없는데 오로지 태양의 신전만 4개의 벽체가 세워져 있고 큰 출입문이 만들어져 있다. 그 출입문은 두 개의 나무 빗장으로 통행을 막을 수 있게 만들어져 엄격히 출입을 통제했던 것처럼 보인다. 태양 신전 안에 들어서니 아주 정교하게 만든 반원 형태의 돌탑(Torreon)이 나온다. 돌을 직육면체 벽돌로 정교하게 다듬어 우리나라 첨성대처럼 쌓았지만 높이는 그다지 높지 않다. 산의 한 부분인 듯 바닥에 박힌 커다란 반석 위에 높이 약 3미터, 지름 약 3~4미터의 반원 담장을 쌓은 형태이다. 그 반원 안쪽 바닥에는 반석의 돌출된 부분이 직사각형의 자연형태로 드러나 있고 동쪽과 남쪽 벽에는 사다리꼴의 창문이 뚫려 있다. 이곳에서 태양의 자손인 잉카 왕과 제사를 집전하는 신녀들이 태양신에게 모종의 종교행사를 지냈던 것 같다. 돌탑 더 안쪽에는 신녀들의 거처인 듯 잘 다듬은 몇 개의 방들이 깊숙한 위치에 자리 잡고 있다.

태양 신전을 둘러보고 나서 여권에 마추픽추 기념스탬프를 찍어주는 페루 관광청의 직원인 듯한 사람에게 "어디 다른 추천할 만한 곳이 없는지"를 물었다. 그는 "시가지 동쪽 끝부분의 제일 아래쪽에 있으니 한번 가보라며 '인띠마차이(Inti- Machay, 태양 동굴)'를 소개해준다. 인띠마차이는 아직 그 용도가 완전히 밝혀진 것은 아니지만 '인띠와따나, 인띠템플로(Inti-templo, 태양 신전)'와 함께 태양과 관련된 모종의 행사와 의식을 진행했던 장소로 잉카의 도시 설계자들이 굳이 이곳에다 시가지와 사원들

태양 신전에서 바라본 와이나픽추

을 건설해야 했던 중요한 실마리를 가지고 있는 장소 중의 하나
라고 학자들이 추측하는 곳이다. 인띠마차이는 동굴을 막아 동
쪽으로 벽을 쌓고 사다리꼴 창문을 한 개 낸 구조인데 1년 중
남반구의 하지(12월 21일)를 전후로 10일씩 21일간만 아침에 떠
오르는 태양 빛이 그 창문을 통해 가장 깊숙한 안쪽 벽에 비추
어지도록 설계되어 있다고 한다. 동굴의 안쪽 벽은 1년 52주 중

태양의 신전 아래 자연동굴

49주 동안 어둠 속에 위치하다가 그 3주 동안만 태양 빛을 아침에 잠시 받을 수 있는데, 이때 잉카인들은 태양의 그 신선한 빛을 제사나 주술에 이용했을 것 같다.

인띠마차이 관람을 마치고 출구로 나오니 4시 20분이다. 셔틀버스를 타고 지그재그로 돌고 돌아 내려가는 버스에서 마추픽추의 풍경을 다시 한번 반추해 본다. 멀리 병풍처럼 둘러 서 있는 안데스 설산의 고산준령들, 숨을 죽이며 내려다보아야 하는 깎아지른 듯 가파른 절벽, 그 절벽을 휘돌아 흘러가는 우루밤바 강물, 강에서 때때로 올라와 눈앞의 풍경들을 자유자재로 갑자기 사라지게도 또 나타나게도 만드는 짙은 안개 그리고 이 모든 것들을 밝게 비치는 맑은 태양 빛, 이들이 만드는 신비로운 분위기를 내가 느꼈으니 분명 그 당시 잉카인들도 느꼈을 것이고 많은 관광객도 느꼈을 것이다. 게다가 400년 스페인 식민 통치 동안에도 조금도 훼손되지 않은 유적을 통해 잉카인들의 자연에 순응하며 자연을 공경한 그 순수한 삶을 유추할 수 있었다. 그와는 대조적으로 심하게 훼손당한 쿠스코의 다른 유적들과 비교해 보고 무자비하게 약탈당하며 오랫동안 핍박받아야 했던 안데스 원주민들의 슬픈 삶이 자꾸 떠올라 가슴 아린 감동을 안고 간다.

무지개의 고향, 친체로

마추픽추에서 받은 감동의 파문이 아직도 가슴에 남아있는 듯 마음은 서풍에 이는 저녁 물결처럼 술렁인다. 잉카의 영령들이 내게 하고 싶은 말이 많았던 걸까. 밤새 꿈에서 많은 대화를 나누었던 것 같은데 아침에 자고 일어나니 하나도 생각나지 않는다. 잠을 제대로 자지 못했지만 의외로 정신은 더 맑아진다. 오늘은 쿠스코 외곽지의 잉카유적들을 둘러보기 위해 아침 8시에 투어버스를 탔다. 쿠스코의 위성마을 '뽀로이(Poroy), 까치마요 (Cachimayo)'를 지나고 비교적 큰 '친체로(Chinchero)' 마을에 차가 멈추어 선다. 조그만 광장에서 계단식 돌길로 한참을 올라간다. 길 양옆으로 알록달록한 안데스 고원지대의 특유 문양이 새겨진 수공모직물과 기념품을 파는 가게들이 들어서 있다. 마침내 탁 트인 광장과 커다란 성당 건물이 나온다. 성당 건물 옆으로 상당히 넓은 잔디광장이 이어지고 그 광장의 끝은 절벽이다. 성당은 문이 닫혀 있고 잔디광장 끝에서 보니 아래로 수없이 많은 계단식 밭들이 보인다. 그리고 지금 한창 발굴이 진행되고 있는 듯 잉카 특유의 석축 구조물들이 잔디광장 안쪽으로 위치한다.

스페인 초기 정복자 중에서 가장 야비하고도 잔인하기로 유명한 '곤잘로 피자로'는 쿠스코를 통치하면서 수많은 악행을 저지른다. 그중 '망코 잉카 유팡키'의 애첩인 '꾸라 오끄요(Cura Oclo)'를 겁탈하고 강탈해 간 사건은 반란의 결정적인 이유가 되었다. 꼭두각시 잉카로 남아 있던 '망코 잉카 유팡키'는 애첩을 빼앗기자 1536년 반란을 일으키고 아마존강 유역의 밀림으로 들어가기 전 추격부대가 먹고 자지 못하도록 여기 '친체로'의 모든 집과 곡물을 불태웠다. 그리고 셀바(밀림)로 들어가 항거의 세월을 보낸다. 그리고 1569년 제3대 저항 군주인 투팍 아마루 1세가 사로잡혀 쿠스코 광장에서 처형당하기까지 33년간 저항의 역사를 시작했던 곳이 바로 친체로이다. 그러나 친체로 마을의 가장 애틋한 스토리는 식민지 시절, 그 마을의 족장이었던 '마테오 푸마 까와(Mateo Pumakawa)'에 관한 이야기가 아닌가 싶다. 가혹한 스페인 왕정의 식민 지배를 견디다 못해 투팍 아마루 2세는 1781년 '시쿠아니(Sicuani)' 인근에서 왕이 파견한 감독관을 죽이고 농민반란을 일으켰다. 그 농민반란은 원주민들의 호응을 얻어 불길처럼 번져나가 쿠스코를 거의 점령하고 그

친체로 왕궁 발굴터

세력이 거대해져서 마치 성공을 거두어 안데스 원주민들의 나라를 되찾을 것처럼 보였다. 하지만 믿었던 동족인 친체로의 족장 푸마 까와가 스페인 왕의 군대에 적극적으로 동참함으로써 그 반란은 끝내 실패하고 말았다. 투팍 아마루 2세는 많은 안데스 원주민들이 지켜보는 가운데 쿠스코의 중앙광장에서 자식과 아내의 사지가 찢겨 잔인하게 죽는 것을 지켜보아야 했고 그도 교수형으로 처형되고 말았다.

그 전쟁에서 승리를 거둔 푸마 까와는 스페인 왕으로부터 직위와 재산을 하사받았으며 스페인 왕정으로부터 급료를 받는 정식 관리가 되었다. 그리고 승리를 상징하는 그림을 친체로 성당의 정문에 남겼는데 동정녀 성모 마리아가 아기 예수를 안고 있는 그림이 문 바로 위 중앙에 있고, 문의 오른쪽에 승리의 의식과 추수 감사에 대한 과정과 성 베드로가 천국의 열쇠를 손에 쥐고 있는 모습을 그렸다. 문의 왼쪽에는 성 바오로가 성서를 들고 있는 모습, 그 상부에는 푸마 까와를 상징하는 퓨마가 투팍 아마루를 상징하는 뱀과 싸워 이기는 장면을 그림으로 그렸다. 그러나 항시 민심은 천심을 나타내는 법이다. 그 그림에는 투팍 아마루가 뱀으로 표현되었으나 안데스 원주민들 마음속에 그는 진정한 영웅으로 살아남았고 죽어서 콘도르가 되었다는 믿음이 암암리에 안데스 전역에 자연발생적으로 퍼지게 되었다. 이 이야기는 훗날 '콘도르칸키'라는 오페라의 모티브가 되었으며 그 오페라의 주제곡은 유명한 팝송 '엘 콘도 파사'의 배경음악으로 우리에게 알려지게 되었다.

하지만 푸마 까와의 이야기가 이렇게 끝난다면 선진 문명에 일찍 눈뜬 한 선구자의 평범한 성공담이 아니면 민족을 배반한 몹쓸 매국노의 이야기가 되어 버렸을 것이다. 때로는 아이러니컬하게 흘러가는 것이 인간 역사의 속성이 아니겠는가. 결정적인 시기에 동족을 배반했다는 양심의 가책 때문인지 푸마 까와는 70세가 되던 1812년에 스페인 왕정에서 받은 재산, 지위, 급료 등을 모두 반납하고 노구를 이끌고 스페인 왕정에 반기를 든다. 원주민 군대를 이끌고 수많은 전투를 치르며 스페인 왕정에 맞서 싸웠으나 끝내 스페인 군대에 참패해 쿠스코와 티티카카 호수의 중간에 있으며 투팍 아마루 2세가 반란을 일으켰던 시쿠아니(Sicuani)에서 1815년 3월 11일 교수형으로 생을 마감했다. 사람의 마음이라는 게 묘하다는 것을 알려주는 것인지 아니면 진정한 늙음은 죽음으로 가는 쇠잔의 길이 아니라 소중한 하늘의 도를 깨달아가는 완숙의 길이라는 것을 알려주는 것인지 푸마 까와의 일생은 우리에게 많은 것을 생각하게 한다. 30여 년간 풍요롭고 영광스러운 일상의 삶 이면에는 천륜을 거슬렸다는 죄의식에 사로잡혀 괴로워했을 푸마 까와의 속마음에 인간적인 연민의 정을 느낀다. 그리고 모든 세속적인 영광과 안락을 버리고 죽음의 두려움까지도 떨쳐버린 채 과감히 일어서서 양심에 충실한 삶으로 일생을 마감했던 그 용기에 존경심을 가진다. 스페인 왕정으로부터 독립한 페루 정부는 그의 일생을 기리기 위해 친체로 성당 앞 잔디광장에 그의 반신상을 건립해 놓았다.

푸마 까와 반신상 아래 펼쳐진 넓은 잔디밭을 걷다가 이상한 것을 발견했다. 처음에는 썩은 감자를 잔디밭에 버린 줄 알았는데, 버렸다고 하기에는 양이 너무 많고 또 가지런하게 펼쳐 놓

친체로 성당

은 모양새가 생감자를 잔디 위에 그냥 말리고 있는 듯이 보였다. 가이드에게 물었더니 '추뇨(chuňo)와 모라야(moralla)'를 만드는 중이란다. 츄뇨와 모라야는 옥수수 재배가 힘든 해발 3,500미터 이상의 안데스 고원지대에서 감자를 저장하여 오래 두고 먹기 위해 만든 말린 감자들이다. 수확된 감자를 넓은 잔디밭에 늘어놓고 밤새 얼렸다가 낮에 말리기를 반복한다. 그러면 감자의 수분만 빠져나오고 녹말과 감자의 유기질은 건조되어 남는다. 4~5일간 이렇게 말리기를 반복하면 감자가 마치 물주머

니처럼 말랑말랑하게 된다. 그때 수분을 빨리 빼기 위해 감자껍질 속에 가득 찬 물기를 발뒤꿈치로 살짝 밟아 밖으로 배출시키는 작업을 한다. 겨울 건조기인 5~7월 해발 3,500미터 이상의 안데스 고원지대를 지나다 보면 마을 가까운 잔디밭에서 아낙네들이 감자의 물기를 밟아 빼고 있는 모습들을 쉽게 목격할 수 있다. 그렇게 물기 하나 없이 말린 감자를 흰색은 '모라야', 검은색은 '추뇨'라고 부르는데, 모라야를 만드는 데는 한 달이 걸리고 추뇨는 일주일이 걸린다고 한다. 모라야는 무게가 상당히 가볍고 장시간 보관이 가능하여 잉카군대의 군량으로 이용되었다고 한다. 피자로와 함께 잉카제국을 정복했던 알마그로가 세계에서 가장 건조한 아따까마 사막을 넘어 칠레 정복을 가능하게 했던 식량이 바로 이 추뇨와 모라야라고 한다. 지금도 쿠스코의 산티아고 재래시장에 가면 노점상들이 자루에 담아 수북이 쌓아 놓고 파는 하얀 모라야를 볼 수 있다. 그리고 삶은 추뇨 몇 개에다 한 덩어리 치즈를 곁들여 먹는 것이 안데스에서 가장 간단한 식사라고 한다.

갑자기 한줄기 소나기가 천둥소리와 함께 내리더니 멀리 우루밤바 강 쪽으로 쌍무지개가 뜬다. 이내 이곳은 비가 멎고 반대쪽에는 시커먼 먹장구름이 낮게 드리워져 비가 내리는 것 같다. 하지만 이곳에는 맑은 태양 빛이 주위에 가득하여 푸른 유칼립투스 나무가 더욱 싱그럽게 보인다. 지리적인 위치 때문인

추뇨와 모라야를 만들기 위해 감자를 말리는 모습

시장에 파는 모라야

지 우기에는 거의 하루에 한 번씩, 건기에는 간혹 소나기가 내리기에 자연적으로 무지개가 자주 뜨는 마을이라 쿠스코 사람들은 친체로를 "무지개의 고향"이라고 부른다고 한다. 많은 자연물을 신으로 섬겼던 잉카인들은 무지개도 그들의 신 중 하나라고 여겼다. 무지개가 하늘에 뜨면 절대 입을 벌리거나 손가락으로 가리키지 말고, 고개를 숙이고 입을 막은 채 경건함을 표시하며 지나가야 한다는 속설도 있다고 한다. 혹시나 치아와 손톱 같은 신체의 딱딱한 부분이 무지개를 상처 입혀서 무지개 신을 화나게 해 사라지게 할까 봐 두렵기 때문이란다.

투어 버스는 어느새 친체로를 벗어나 다음 목적지인 모라이(Moray)를 향해 완만한 평원을 달린다.

잉카의 작물실험장 '모라이'

꼬불꼬불 넓은 구릉 평원을 지나 산 밑에 도달하자 커다란 주차장이 나오고 황량한 곳에 모라이 입장권 매표소가 있다. 매표소를 지나서 관광객들을 따라 얼마간 들어가니 발아래에 놀랄만한 커다란 원형으로 된 인공 테라스들이 나타난다. 깊이 40~50미터 아래에 축구장 반 정도의 크기인 원형 바닥이 있고 그곳에서부터 높이 2미터, 넓이 4~5미터의 원주형 테라스들이 7단 정도 올라와서 입구의 맞은편인 산 쪽으로 축구장 반 정도의 크기인 반원 모양의 넓은 테라스를 만들고 다시 7단의 원주형 테라스를 형성하며 위로 올라온다. 인공축조물로는 규모도 놀랍고 그 정교함에 입을 다물 수가 없다. 바닥이 파란 잔디로 깔려 있고 석축으로 쌓은 정교한 원형 테라스들이 파노라마처럼 펼쳐지는 모습은 마치 야외에 설치해 놓은 거대한 예술작품을 보는

모라이 작물실험장

것과 같은 느낌을 준다. 신비한 과녁의 중심으로 몸과 마음이
빠져들어 가는 듯 착각이 들 정도다.

  잉카인들은 어떤 목적으로 이 시설을 만들었을까? 마추픽추
처럼 어떤 종교의식을 거행할 목적으로 만든 시설일까, 아니면
외계인과 교감했던 안데스의 원주민들이 우주선 착륙장으로
만들어 놓은 것인가? 많은 추측이 난무했지만 최근에 밝혀진
목적은 '농업용 작물실험장'이라는 게 가장 믿을 만한 학설이

다. 바닥과 최상부가 고작 30여 미터 고도 차이가 나지만 이곳 지형 특유의 바람과 일조량이 섭씨 15도의 온도 차이를 만들어 낸다고 한다. 온도와 고도변화에 따른 작물 재배를 실험했을 것이라는 추측을 가능하게 한다. 이러한 작물시험장이 있었기에 잉카인들이 400여 종의 감자와 40여 종의 옥수수를 개발할 수 있었던 게 아니었을까. 안데스 고산 지역 문명의 관개시설을 포함하는 농업기술만큼은 다른 어떤 문명과 견주어 봐도 우수하다는 역사가들의 글을 읽은 적이 있다. 사실 그런 관점으로 색다르게 보면 안데스의 오래된 농업기술이 중세 유럽인들을 구하고 또 그런 이유로 유럽 문명이 오늘날과 같이 세계를 선도하는 선진현대문명으로 발전할 수 있었을 것이라는 생각을 감히 해 본다.

특히 감자는 BC 5,000~8,000년 전부터 티티카카 호수 동부 지역에서 그 재배가 시작되었다고 한다. 하지만 야생 감자는 덩이줄기인 그 뿌리의 크기가 아직도 지금의 완두콩처럼 작다. 지금도 야생에서 쉽게 발견할 수 있다고 한다. 그런 작은 덩이줄기를 수천 년에 걸쳐 사람 주먹 크기로 개량시켜 식량이 되게끔 만들어 온 사람들이 바로 안데스 원주민이다. 역사적인 사실에 정반대의 가정을 해 보는 일만큼 무의미한 일은 없다고들 하지만 '안데스 원주민들이 없었다면 유럽인들은 중세 때 몰아닥친 기근과 질병을 극복해 낼 수 있었을까? 그리고 현대문명의 시발점인 산업혁명도 과연 이루어 낼 수 있었을까?'라는 의문을 가져본다. 그렇다면 이곳 잉카시대의 작물시험장인 모라이도 현대서구문명의 태생에 커다란 역할을 했다고 말한다면 나의 억지 논리일까?

감자 외에도 우리나라 야생에서 흔히 보는 야생 씨앗들을 잉카인들이 먹을 수 있는 곡물로 개발하여 기능성 식품으로 현대인의 사랑을 받는 작물들도 있다. 그중 하나가 퀴누아다. 작년 안데스의 깊은 내륙지방인 꼬따와시를 여행할 때 추수기가 다 된 퀴누아의 붉고 노란 꼬투리열매들이 강변 밭에 꽃처럼 서 있는 것을 본 적이 있다. 또 다른 하나의 작물은 키위차인데, 단백질 함유량은 퀴누아와 비슷하나 식물 단백질에는 적고 동물 단백질에만 풍부한 라이신이 밀가루의 2배나 풍부하여 현대인의 건강식품으로 주목받는 잉카의 곡물이다. 이렇듯 안데스 원주민들은 우리나라에서는 잡초들로 취급하여 관심을 가지지 않는 식물들의 씨앗들을 수천 년 동안 곡물로 개량하여 이용해 왔던 것 같다. 잉카인들의 주거지가 주로 해발 2,500미터 이상에 위치하여 고산 환경에도 잘 자라고 생산량이 많은 작물을 취사선택하기 위해 모라이와 같은 작물시험장이 필요했을 것이다. 스페인 정복자들이 미개하다며 재배를 금지했던 잉카의 곡물들이 현대인의 질병을 예방해 줄 수 있는 기능성 식품으로 다시금 주목받고 있다는 사실이 참으로 아이러니하다.

상부로 이어지는 테라스들(건기)

관람길에서 본 모라이 작물실험장(우기)

가이드를 따라 원형 테라스 아래로 내려간다. 길옆 비탈진 곳에는 이름도 모르는 예쁜 야생화들과 붉고 노란 열매를 달고 있는 조그마한 관목들이 눈길을 사로잡는다. 중간에 자리 잡은 반원 모양의 큰 테라스가 있는 곳까지 내려온다. 보기에는 그냥 테라스들이지만 정밀한 관개시설들이 설치되어 있다. 물이 유입되는 곳은 한 곳이지만 낙차를 잘 이용하여 원형의 테라스 전체로 고루고루 급수되게끔 정밀하게 설계되어 있다. 테라스 사이들을 연결해주는 계단이 특이하다. 반반하고도 긴 돌들을 테라스 돌담을 쌓을 때 밖으로 튀어나오도록 함께 쌓아 마치 허공에 뜬 돌계단처럼 만들었다. 가장 큰 원형 테라스 옆에 규모는 좀 작고 보수상태도 덜 정돈된 원형 테라스가 두 개가 더 있었다. 잉카인들의 특이한 생각이 잘 드러나는 장소였던 것 같다. 투어 버스는 마지막 목적지인 '살리네라(Salinera)'를 향해 천천히 움직이기 시작한다.

불가사의한 내륙염전, 살리네라

소금 광산이 아니고 내륙염전이라는 말에 다소 의아함을 품은 채 살리네라로 향했다. 살리네라 소금은 암염을 잘게 부순 것이 아니라 땅속에서 나오는 소금물을 염전에 받아 햇볕에 증발시켜 해안가의 천일염전처럼 소금을 생산한단다. 눈으로 보기에도 암염의 소금보다 알갱이가 더 미세하고 더 부드러운 것 같다. 하지만 땅속에서 바닷물처럼 고농도의 소금물이 나온다는 점이 내 상식으로는 이해가 되지 않았다. 땅속에 갇혀 있던 바닷물이 나온다면 잉카 시대 이전부터 있었던 염전이니 수백 년 동안 조금도 줄어들지 않고 계속 흘러나온다는 점이 이상하고 지하수가 암염층을 통과해서 소금물이 만들어진다면 지하수가 암염층을 통과한다고 해서 소금을 생산할 만큼의 고농도 소금물이 만들어질 것인가에 대한 의문점이 생겨났다. 어서 빨리 그

현장을 직접 보고 싶었다. 투어 버스는 한 20분 정도 낮은 구릉으로 이루어진 올망졸망한 평원을 달리더니 계곡 밑으로 난 지그재그의 길을 내려가기 시작한다. 저 아래 멀리 우루밤바 강이 녹색의 들판 중앙으로 흘러가는 것이 언뜻 보인다. 버스가 한 모퉁이를 돌아서니 갑자기 계곡 저 아래에 마치 흰 눈이 내린 듯 새하얀 모습으로 층층이 펼쳐진 다락논들이 나타난다. 주위 산들은 건기의 연갈색 마른풀들과 흙으로 인해 붉은색인데 대비하여 새하얀 염전들은 햇볕에 반사되어 더욱 또렷하게 보인다. 멀리서 봐도 분명 염전이다. 4~5제곱미터의 자그마한 다락논 모양의 염전 수천 개가 계곡 아래로 층층이 들어 서 있다.

이윽고 주차장에 내려 염전으로 걸어간다. 입구에는 소금과 기념품을 파는 가게들이 들어서 있다. 내려가면서 가이드에게 서툰 스페인어로 어떻게 지하수가 암염을 녹여낼 수 있는지를 물어보았다. 가이드의 설명을 듣고 나서야 그동안의 의문점이 해소되었다. 신기하게도 지하수가 지하 깊은 곳의 마그마로 흘러 들어가 압축된 수천 도의 뜨거운 물로 변하고 지상으로 분출되기 전에 암염층을 통과하면서 다량의 소금을 녹여 고농도의 소금물로 변한다는 것이다. 대륙의 융기로 바닷물이 갇혀 소금호수가 되고 그 소금호수가 태양 빛에 증발하여 소금을 생산해내는 곳은 세계에 여러 곳이 있지만 압축된 고온의 지하수가 암염을 녹여 고농도의 소금물을 만들고 그것을 노천 염전에 받아

건기의 살리네라 전경

살리네라 기념품 상점

태양열로 다시 건조하여 소금을 생산하는 곳은 이곳 말고는 세계 어느 곳에서도 찾아볼 수가 없다고 한다. 참으로 신기하고도 불가사의한 땅속의 조화가 아니고 무엇이겠는가?

염전으로 내려가기 전에 소금물이 나오는 개울로 가이드가 안내한다. 산 중턱 붉은 흙이 드러난 언덕 아래 샘에서 우리나라 실개천 모양의 개울물이 흘러나온다. 개울의 양옆에는 마치 초겨울의 하얀 얼음이 맺혀 있는 듯 새하얀 소금들이 결정체로 붙어 있고 흘러나오는 물의 표면에는 고온으로 한바탕 끓었던 흔적인 자그마한 거품들이 둥둥 떠 있다. 손가락을 담가보니 뜨뜻미지근한 온도가 느껴진다. 얼른 맛을 보았다. 처음에는 짠맛이 너무 강하여 혀에 통증을 느낄 정도이더니 조금 시간이 지나자 독특한 맛과 향이 입안에 느껴진다. 주간선 수로가 산중턱을 가로질러 수평으로 나 있고 그 수로에서부터 계곡 아래로 작은 지선의 수로들이 약 3,000개의 크고 작은 염전으로 소금물을 흘려보내고 있었다. 5월에서부터 11월까지 건기에 소금 수확이 이루어진다고 한다. 4~5제곱미터 남짓한 염전 한가운데에 하얀 소금 무더기를 모아 놓은 염전들이 많이 보이는 걸 보니 지금이 소금 수확의 적기인 것 같다.

살리네라의 생성 신화는 잉카제국의 건국설화와 그 맥을 같이 한다. 신화는 거대한 홍수가 세상을 모두 파괴한 후 태양의 자손인 네 쌍의 잉카 씨족 부부가 태양신의 인도로 티티카카 호수 부근 동굴에서 나오는 것에서부터 시작된다. 잉카인들은 근친결혼이 관습이기에 남매끼리 결혼한 아야르 네 형제가 그들이다. 형제 중에서 '아야르 까치'가 가장 용맹스럽고 힘이 강했다. 그는 강력한 새총으로 돌을 하늘에 쏘아 천둥과 비를 만드는 힘을 가졌다. 나머지 세 형제는 힘이 강한 '아야르 까치'를 질투한 나머지 가장 성스러운 장소인 '빠까리나(Pacarina)' 동굴에 가두기로 모의하고 그 동굴 속에서 식량을 가져와야 한다고 속였다. 이런 사실을 모른 채 아야르 까치는 그 동굴 속으로 들어

염분이 얼음처럼 붙어있는 소금물이 흘러가는 수로

갔다가 입구를 커다란 바위로 막아버리는 바람에 동굴 속에 갇
혔다. 이런 음모를 뒤늦게 깨달은 아야르 까치는 굉장한 소리로
울부짖으며 울분을 토해냈다고 한다. 그 바람에 산이 찢어져 굉
음을 내고 폭발했다고 했는데 화산폭발을 신화적으로 해석하
는 방법인 것 같았다. 그 후 나머지 세 쌍의 형제들은 정착할 곳
을 찾아 다시 길을 떠났다. 이번에는 중간에서 바위 신을 만났
는데 두 형제는 경건하게 바위 신에게 경배를 드렸는데 반하여
'아야르 우추'는 그 바위 신에게 도전하다가 바위로 변해버렸다
고 한다. 나머지 두 형제는 아야르 우추의 충고대로 정착지를
찾아 다른 곳으로 길을 떠났다. 더 넓은 세상을 보기 위해 '아야

르 아우까'는 겨드랑이에 날개를 달고 하늘을 날다가 신의 노여움을 사서 산꼭대기에서 그만 돌로 변하고 말았다. 마지막 남은 '아야르 망코'와 그의 아내 '마마 오끄요'는 우여곡절 끝에 지금의 쿠스코 계곡으로 흘러들어 와 아버지인 태양신의 주문대로 땅에다가 황금 지팡이를 꽂고 나라를 세운다. 그 나라가 잉카제국, 즉 '타완틴 수요(Tawantin suyo)'다. 동굴 속에 갇혀 마침내 살리네라 산이 되어버린 아야르 까치는 아야르 망코가 잉카제국의 왕이 되었다는 소식을 듣고 비탄의 눈물을 흘렸는데 그 눈물이 바로 이곳의 소금물이라는 게 내륙염전 살리네라의 전설이다.

또 다른 전설은 잉카제국의 제3대 왕인 '료께 유팡키(Lloque Upanqui)'가 주변 종족들을 점령해 나갈 때 유독 살리네라에 위치한 '마라(Mara)' 종족들만 항복하지 않고 끈질기게 반항했다고 한다. 그래서 잉카 왕 유팡키가 그의 조상인 태양신에게 빌어 마라에서 나오는 우물물을 소금물로 변하도록 징벌을 내려서 마실 물이 없도록 만들었다는 전설도 있다. 현재는 그 징벌이 오히려 고맙게 느껴질 법도 하다. 살리네라는 잉카제국 시대부터 안데스 고원 내륙지방에 소금을 공급해 왔을 뿐 아니라 1년에 수만 명이 방문하는 관광 명소가 되어 주민들의 소득을 크게 증대시키고 있으니 말이다. 살리네라가 널리 알려질수록 소금에 대한 수요도 날로 늘어가고 있다고 한다. 나도 한국으로

돌아가 우리 집 앞마당 잔디밭에 앉아 쇠고기 바비큐를 마라 소
금에 찍어 먹는 상상을 하며 몇 봉지를 사 가지고 버스로 돌아
왔다.

예상치 못한 코로나 사태는 지금까지 한 번도 경험하지 못했던 많은 변화를 가져다 주었다. 그중에 가장 아쉬운 점이 해외여행을 예전처럼 마음대로 자유롭게 할 수 없다는 것이다. 그래서 현재 남미여행은 불가능에 가까운 소원이 되어버리고 말았다. 하지만 남미는 내게 있어 그 인연이 너무나 각별해서 '혹시 전생에 나는 아마존 인디언 아니면 안데스 원주민이었는지도 모른다'는 생각을 해 본 적도 있다. 교감 시절 브라질 상파울루의 한국교육원장으로 4년간 근무한 것도 각별한 경험인데, 퇴직 후 3년간 페루에서 한국교육자문관으로 근무하는 특별한 행운을 누렸으니 말이다.

페루의 자연환경은 브라질과는 또 달랐다. 페루에서의 여행은 해발고도와의 싸움이라 해도 과언이 아니다. 보통 3,000미터가 넘는 곳을 다녀야 하고 필요할 때는 5,000미터까지도 올라가야 한다. 많은 사람이 고산병에 발목이 잡혀 여행다운 여행을 제대로 누리지도 못하고 누워서 지내다 돌아오기가 십상인 곳이다. 나도 처음에는 조금 힘들었지만 어느새 적응이 되어 4,000미터 이상에서 먹고 자는 데 아무런 장애가 없었다. 남미 그것도 페루 안데스 지역으로의 여행은 그만큼 많은 어려움이 따른다. 하지만 안데스의 자연 풍경은 이루 말로 표현할 수 없을 정도로 신기하고 아름다웠다. 게다가 안데스 지역에는 스페인 정복자들이 도착하기 이전에 잉카제국이라는 남미 제일의 문명국이 존재했었다. 그 잉카제국의 많은 유적이 저마다의 사연을 간직한 채 고태의 아름다움을 풍기며 남아있다. 여행한 곳들이 신기하고 아름다워서 느낀 감동들이 너무 깊었을 뿐만 아니라 그곳에 오래 머물며 안데스의 구석진 곳을 누볐던 사람 아니고서는 도저히 발견할 수 없는 이야기들이기에 내 기억 속에만 간직하기에는 너무나 안타깝다는 생각이 들어 이렇게 기록으로 남기기로 했다. 그냥 스치듯 여행하는 사람들은 안데스의 깊숙한 오지에 가기도 힘들거니와 출중한 자연경관과 고태 서린 유적들이 담고 있는 속 이야기들을 알 수가 없다. 그곳에서 오래 머물며 그들과 함께 먹고 마시며 생활한 사람만이 그 속을 알 것이다.

　파견 3년 중 처음 2년은 페루 남부 안데스 서쪽 산기슭에 자리한 해발 1,400미터의 모케과라는 곳에서 생활했다. 극도로 건조한 사막 도시였기에 한국에서는 전혀 해볼 수 없는 아주 색다른 생활을 경험했다. 마지막 1년은 해발 3,400미터 잉카제국의 수도였던 쿠스코에서 생활했는데 이곳 역시도 고도에 따른 이색적인 풍경과 놀라운 잉카제국의 유적 등이 산재해 있어 아주 흥미로웠다. 이 책에는 처음 모케과에서 생활하며 겪었던 일상의 경험들과 그곳에서 시도한 페루 남부 티티카카 호수, 잉카의 놀라운 유적 마추픽추 그리고 볼리비아, 칠레 북부의 안데스 지역을 여행한 소회를 적었다. 첫발을 조심스레 내딛는 기분으로 '페루 안데스 이야기 시리즈'의 첫 책을 세상에 내놓는다.

　세상에 하나밖에 없는 다섯 살배기 손녀가 성장해서 서른 살즈음에 이 책을 읽어주길 기대하며 책을 썼다. 아무쪼록 이 책이 남미 안데스로의 여행에 목마른 독자들의 갈증을 다소나마 해결해 주기를 바란다.

페루, 안데스의 시간

초판 1쇄 발행 2020년 11월 5일

지은이 정성천
펴낸이 정혜윤
편집 조은아, 한진아
마케팅 윤아림
디자인 이웅
펴낸곳 SISO

주소 경기도 고양시 일산서구 일산로635번길 32-19
출판등록 2015년 01월 08일 제 2015-000007호
전화 031-915-6236
팩스 031-5171-2365
이메일 siso@sisobooks.com

ISBN 979-11-89533-44-1 03800

이 도서의 국립중앙도서관 출판예정도서목록(CIP)은 서지정보유통지원시스템 홈페이지(http://seoji.
nl.go.kr)와 국가자료종합목록 구축시스템(http://kolis-net.nl.go.kr)에서 이용하실 수 있습니다.
(CIP제어번호 : CIP2020044009)